中国专业作家
小说典藏文库

中国专业作家
小说典藏文库

# 开元·忽必烈说

邓海南 著

中国文史出版社

# 自　序

一九七五年的元旦，是我在地理上离蒙古最近的时候。

那时候我是宁夏独立师一团二连的战士，因为学习写作并开始发表一些诗作，得到了一个到中蒙边界的边防部队去体验生活的机会。那一天的晚餐吃的是蒙古方式的手把羊肉，大行军锅，锅底烧的是戈壁上的梭梭柴，锅中煮的是剁成大块的羊肉，每一块都有军用水壶那么大。一种美味给人最深刻印象的只有一次，此后我又许多次吃过手把羊肉，但再也无法与那次相比。后来我想，成吉思汗的骑兵就是吃着这种大块羊肉在亚欧大陆上纵横驰骋的，你很难想象吃米饭的军队能做出那样的壮举。

以手把羊肉招待我们的那个连队的驻扎地名叫银根，距中国与蒙古的边界线只有几公里。很多年后我翻开地图寻找这个地方，它应该就在中国北部连界线正中最凹陷处。时间的变化在地图上也显示了出来，我当兵的时候银根属阿拉善左旗，阿左旗原是内蒙古自治区的一个旗，当时划归宁夏回族自治区管辖。那时候从贺兰山往北这一大片地方比原来的宁夏回族自治区的面积还要大。但是后来的地图上，阿左旗重又划归内蒙古自治区了，我只好把地图翻到内蒙古那一页，仔细找了一遍，竟然没有银根这个地名。难道地图也像人的记忆一样会把一个相隔久远的地方给忘掉吗？我不甘心，又仔仔细细地搜索了一遍，在我觉得应该是银根的那个位置上，却是三个完全不同的字：昆都仑。我断定这个昆都仑就是银根，因为它的左边是公古赖，右边是巴音戈壁。休眠的记忆细胞开始苏醒，公古赖的左边是阿拉善右旗的巴丹吉林沙漠，巴音戈壁的右边是杭锦后旗，那里有古代烽烟迭起的狼山。历史曾经划给宁夏一块拥有国境线的土地，而我这个宁夏独立师的士兵也因此拥有了一段与国境线有关的经历。现在，阿左旗早已脱离宁夏，独立师的建制也已在百万大裁军的举动中撤销，我所拥有的，只是对那一段岁月的记忆了。记忆如烟，你不抓住它，便很可能飘散掉。

我不甘心银根这个地名就此消失，又找了几个不同版本的地图，果然在昆都仑这个地名旁边找到了一个括号，在括号里面是两个很小的字：银根。银根，这是一把落在厚厚的灰尘里的钥匙，找到它，就可以开启返回过去的厚门了。那么那一次边境之行留给我的除了美食记忆——热腾腾的手把羊肉外，还有什么呢？当然是那时的冷战气氛，因为地处边境线上，冷战的气氛就格外浓。

那时候中苏两国的关系剑拔弩张，用中国人的话来说，就是苏联在边境上陈兵百万，当然是亡我之心不死。重要的边境流血武装冲突，已经在公鸡头和公鸡尾巴上各发生过一次。公鸡头上指的是东北的珍宝岛事件，公鸡尾巴指的是新疆的铁列克提事件。而银根的位置在公鸡背上，因为中国的地图是一只公鸡。

其实中国原来的版图是一片秋海棠叶子，新疆的喀什和慕士塔格山是秋海棠叶片的尖顶，叶柄那儿凹进去的地方就是天津和渤海湾，从西南到华南和从西北到东北那两条有些起伏的大弧线是秋海棠叶子两边的边缘，而使中国变成公鸡般模样的就是独立出去的蒙古。它被紧紧地夹在中国和苏联这两个大国之间，要保持中立是相当困难的，只能倒向更强大的那一边，与苏为盟。

从地图上看，苏联确实是一个十分庞大可畏的国家，它的幅员实在是太辽阔了，横跨了十二个时区，几乎占了地球经度的一半，巨大的身躯趴在整个亚洲半个欧洲和半个太平洋之上，背上驮着北冰洋，把它叫作北极熊是再形象不过了。那么蒙古夹在中国和苏联中间像个什么呢？一个陕西兵说："他妈的真像个饺子。"过了一会儿，他补充道，"不是你们南方人包的那种花哨饺子，是我们陕西人用两手虎口捏出来的饺子。"他又补充道，"羊肉饺子。"

蒙古位于亚洲中部，面积一百五十六万六千五百平方公里，是世界上最大的内陆国，也是世界人口密度最小的国家之一。境内大部分地区为山地和高原，南部是占国土面积三分之一的戈壁。典型的大陆性高寒气候，夏季短而热，冬季长而严寒且有暴风雪。它东南西与中国为邻，北邻苏联。自蒙古从中国独立出去开始，他们就听苏联人的，靠苏联人而存在。

除了像陕西人捏的羊肉饺子外，那时候我说它还像一样东西，像一张弓，特别是和中国接壤的这一部分，那弧形正好像一张弓的背。而和苏联接壤的那一边，你可以想象为一条弓弦，那张弓是由苏联人握在手里的，在他们认为需要的时候很可能就会用这张弓放出箭来，而且蒙古人本身就是一个善于射箭的民族。但二十世纪七十年代的蒙古人，他们自己是不敢向中国射箭的，顶多被苏联当个弓使使，弓拉在那儿，想松也不敢松，想射也不敢射，其实也很难受。

历史上推数个世纪，在成吉思汗时代，谁敢把蒙古人当饺子看？那时候的蒙古人是擀面杖，亚洲欧洲满世界都是被他们擀得服服帖帖的面皮子，说包饺子就包饺子，说包包子就包包子，说下面条就下面条，谁拿他们也没办法。连中国的皇帝也让蒙古人当去了，这个皇帝就是忽必烈。

但是一九七五年还是一个战士的我对忽必烈没什么感觉，有感觉的是另一个蒙古人，一个蒙古军队中的边防站站长。这个蒙古边防站站长在边境线上工作了二十几年，终于得到提升要回首都乌兰巴托了，二十多年的边防生活，使他对这个边境线充满了感情，在离任之前，他开着苏制的嘎斯六九对他的防区进行最后一次巡行，但是很不幸，那里的国境线只是一片戈壁滩，没什么明显标志，他不小心越界了；更为不幸的是，当被中国的边防巡逻队发现时，他的那辆嘎斯六九抛锚熄火了，于是他成了俘虏，被中国一方关押了很久。这个蒙古边防站站长最后结局如何，我早已忘记了。但是有一个细节却留在了脑中：

中国军人对他进行了多次审问，希望得到对方的军事情报，他始终守口如瓶。但有一天，他忽然对中方审问人员说：

"我要告诉你一个重大的军事机密，但我要在你耳边悄悄地说。"

中方人员大喜，兴冲冲凑了过去，可听到的却是——

"我要告诉你的这个重大秘密啊，就是——我们蒙古啊，没有海军！"

当时我听了这个小故事大笑，蒙古这样一个内陆国家当然没有海军。

但蒙古人曾经可是有海军的。

在忽必烈当蒙古大汗和中国皇帝的时代，蒙古人的版图大到了横跨欧亚大陆，它不仅拥有长长的海岸线，还拥有强大的海军。只是蒙古人毕竟是马背上的民族，驾船打仗的本领远不能和骑马打仗相比，几次跨海远征日本，终以失败告终。如果蒙古军队的海战也如陆战那么成功，那么以后的世界历史和世界格局，都将是另一个样子了。

经过数个世纪的历史变迁，当年席卷大陆的蒙古收缩为中国的北方边地，然后一部分在苏联人的操纵下独立成了一只"羊肉饺子"。而蒙古人的形象，也从成吉思汗时代的快马弯刀血腥杀伐的凶猛战士，变成了手持套马杆徜徉在草原上，拉着马头琴，以奶茶羊肉热情待客的平和牧民。

那个蒙古边防站站长的故事，我一直没有忘记，后来以它为种子，种出了一个中篇小说，名叫《莫格尔少校》。这是我写的第一个蒙古人的故事。

因为有制片方约我写以忽必烈为主人公的电视剧，我开始再次接近蒙古和蒙古人。写历史剧，首先要做的当然是历史功课，这次是从历史上的时间和历史上的人物走近蒙古。围绕这个主题，我读了厚厚一大摞有关的书籍，补了一下中国历史中元朝的这一课。后来电视剧的事，因制片方资金问题搁浅，但我读下来的那么多关于蒙古的感受，关于蒙古人的感情，不能让它像手把羊肉一样消化在胃肠里，于是便借忽必烈之口，像讲故事一样娓娓道来，就是这一本《开元·忽必烈说》。

作　者

一

　　我就是那个名叫忽必烈的蒙古人。

　　我的祖父是成吉思汗，在我出生前后的那个时代，几乎整个世界都在这个名字的威慑之下。

　　我出生在蒙古人的一个猪儿年（1215），在我出生的那一年，我的祖父率军攻克了金国的中都，那个时候，谁也不曾想到，四十五年后，我会把这个前金国的中都城改建成闻名世界的大都城，在那里成为蒙古人的大汗和元帝国的皇帝。

　　我的祖父从金国中都带回了大量的战利品，许多战利品在蒙古人的世界里是从未见到过的。在举族欢庆中，我的祖父见到了他刚刚出生的孙子。

　　在我母亲唆鲁禾帖尼的帐篷中，成吉思汗抱起了刚出生的孙儿端详良久，说道："奇怪啊，我们的孩子都是火红色的，这个孩子为什么生得黑黝黝的呢？你们去找个好乳母来喂养他吧。"

　　于是，我被交给父亲拖雷的次妻撒鲁黑抚养。

如果说我的生母唆鲁禾帖尼是世界上最聪明的女人，那么我的乳母撒鲁黑则是世界上最善良的女人。因为我的父母要跟随我的祖父去四处打仗，我的童年，便是跟着我的乳母撒鲁黑在额嫩河边的蒙古草原上度过的。草原上最主要的两种动物是羊和马。羊是我们蒙古人的食物和财产，马是我们蒙古人的朋友和坐骑。我在羊群的滚动和马匹的奔跑中渐渐长大。

蓝天，白云，草原，还有草原上蜿蜒的河流，是我人生的底色。

兔儿年（1219）的时候我四岁，就在我和羊羔们一起戏耍的时候，我六十岁的祖父干了一件震惊世界的壮举，带着他的军队远行万里，西征花剌子模。蒙古大军开拔时，我抱着一只羊羔看着祖父远去的背影。那征服者的剽悍身影，给我留下了不可磨灭的记忆。

四年之后，胜利后的祖父踏上东归之路。然而东归之路是如此漫长，当他回到蒙古故地时，我已经十岁了。

祖父归来的日子，也是我和弟弟旭烈兀初猎的日子。那一天我射到了一只兔子，可刚刚八岁的旭烈兀却射杀了一只山羊。这说明，在打猎方面他比我强，后来他成了一个伟大的统帅，显然和他的这种天赋有关。按照蒙古人的习惯，小孩子第一次出猎时，长辈要在孩子大拇指上拭以血和油。祖父不顾长途征战万里跋涉的劳累，亲自为我们这一对初猎成功的嫡孙拭指。这次拭指仪式在我们两兄弟心中是永远难忘的，尤其是当我们两人分别成为第五任蒙古大汗和伊尔汗国大汗的时候，我们才真正领悟到当年拭指时祖父欲将其征服伟业薪火相传的心愿和寓意。

又两年之后，全蒙古的大汗成吉思汗病逝于征伐西夏的军帐之中。

于是我的父亲、成吉思汗的小儿子拖雷，便成了大蒙古国的监国者。按照蒙古人的习俗，我的父亲坐镇汗都、掌控着大汗留下的四大宫帐，并且拥有大汗遗留给他的大部分精悍兵马。但他并没有拥权自重，而是按照父汗的遗愿，在近三年的时间里筹划和组织了由各部落蒙古贵族参加的忽里台大会，忠诚地将他的三哥窝阔台推上了大汗的位置。作为旁观者，当时十四岁的我见识了那个向新任大汗效忠的场面：

摘冠，解腰带搭于肩上——这是蒙古人表示顺服的风俗。

而对新汗跪拜行君臣大礼，则是汉人表示效忠的礼仪。

我看见成吉思汗的老臣耶律楚材老泪纵横深感满意，他看到终于把草原汗国向礼仪之邦推进了一步，可以无愧于圣主成吉思汗的在天之灵了。

但是，父亲的忠诚和恭顺，并没有带给他应有的好运。多年以后，我从汉人的故事中读懂了一个成语：功高盖主！同样，作为旁观者，我也见证了那个也许让新任大汗心存疑惧的场面——

那一天，在万顷碧波的草原深处摆开了盛大的酒宴，那是庆贺窝阔台大汗登上汗位后的第一个寿辰。当众多的宗亲贵胄们齐伏于我三伯父的脚下，在一片赞颂中使他尽享大汗的尊荣时，在外执行公务的父亲，日夜兼程赶回来为大汗献礼祝寿，只是为了显示他的一片忠心。但他的到来却引起场面的混乱，一些宗亲贵胄竟纷纷起立，转身向这位昔日的监国者欢呼起来。再看父亲跨在马上的雄风和英姿，天生的统帅气质、无比的人格魅力，更激发起两旁马上健儿一阵阵狂热的欢呼。蒙古人是崇拜英雄的人群，并没有汉人那样的尊卑意识，他们呼喊着："满达图改（万岁）！满达图改！"虽然随后我父亲的祝寿比谁都要恭顺虔诚，但据母亲唆鲁禾帖尼说，大汗虽然笑着，但那笑容却显得僵硬了。

同时收敛了笑容的还有祖父的老臣耶律楚材，他似乎从这一片欢腾中看出了某种不祥之兆。

两年之后，窝阔台大汗为完成圣祖遗命，号令广袤的汗国，开始了彻底的灭金行动。依成吉思汗遗规，父亲拖雷本应镇守汗廷以确保后方无忧，但大汗却另调我的二伯父察合台担负此任，诏令父亲尽率部下从征。父亲只想着祖父"借道南宋，早日灭金"的遗嘱，尽显统帅之才，率军突破重重防线迂回直捣金国后都大梁！但他给汗兄留足了面子，一直等到窝阔台大汗亲率其他各路大军赶到方才下令破城。

大金王朝就此彻底覆灭了。但让父亲没有想到的是，他年轻的生命，竟也意外地结束在大金王朝的覆灭之后！

关于我父亲拖雷的死，至少有三种不同的说法：

一种是，父亲拖雷系醉酒而死。

几乎所有的蒙古人都爱喝酒，父亲当然也爱喝酒，窝阔台大汗比父亲更爱喝酒，后来有史书甚至说他嗜酒如命，但真正死于醉酒的蒙古人，却少之又少。父亲意外醉酒而死，这种可能性极小，很难令人相信。

另一种是，父亲拖雷系被人下毒谋害之死。

如果真是这样的话，那接下来一个问题就是：谁下毒谋害

4

了他？或者是谁指使下毒谋害了他？这是一个极其危险的问题！只要追问下去，目标必然指向大蒙古国最尊贵最有权势的那个人。谁敢做这样的追问呢？多年以后，我的汉人幕僚告诉了我这样两句汉人的话："狡兔死，走狗烹；飞鸟尽，良弓藏。"这从某种意义上说明了人心的险恶和狡诈，也说明了父亲之死的原因。我一向认为我们蒙古人的心胸像草原一样坦荡，我不愿意相信我的伯父会用汉人一样的方法来对付他的嫡亲弟兄。但是随着年龄越长，经历越多，我不得不相信，父亲被毒死的可能性是很难排除的！

还有一种说法，是蒙古史书所记载的正式说法。但是否真实，就只有去问那无所不知的长生天了。


凯旋大军临近漠北，窝阔台大汗却突发重病倒下。

扎立在荒原上的大汗宫帐笼罩在一片愁云惨雾之中。从宫帐中传出一阵阵阴森森的法鼓声和念咒声，那是随军老萨满穿着原始的用兽皮缀连的服饰正在如痴如狂地为重病的大汗请神驱鬼。

老萨满念念有词："神催鬼索，大汗命在旦夕！"

众人问，如何才能救大汗性命？

老萨满说，必须有人替大汗挡灾，去应长生天的召唤。

周围有人纷纷示忠："我愿！我愿！我愿！……"

老萨满却一一摇头："你们人微命薄，岂能替大汗挡灾？"

那么谁才能替大汗挡灾？

老萨满沉默不语。凝神向帐外看去。

这时候帐外传来一阵急促的马蹄声。马蹄声在帐外戛然而止，随之急匆匆冲进来一个人，这个人就是我父亲拖雷。

宫帐中所有人的目光，都集中在他身上。

他呼喊着大汗，跪倒在汗兄的榻前。

大汗面色苍白，气息奄奄，似乎听不见他的呼唤。

老萨满的咒语一阵紧似一阵，念在他的身后。父亲拖雷转身望着老萨满："有什么办法能救我的汗兄吗？"

老萨满端着一只金碗："我已用这碗咒水来洗涤他重病之身，只有一个人替他喝下，才能救大汗的性命。"

大汗重臣阿蓝答儿上前表态："我愿意喝下这碗洗病之水！"

老萨满轻蔑地扫了他一眼："你的分量不够，担当不起这只金碗啊！"

阿蓝答儿问："那么谁能担当得起这只金碗呢？"

随着他的问话，全帐中人的目光再次聚集在父亲拖雷的身上。那些目光中什么内容都有。

父亲拖雷知道自己不得不表态了："长生天在上！大蒙古国离不开善良的窝大汗，就让我以弟代兄，要召就把拖雷召去吧！"

说毕，毅然把那碗咒水全都喝下。他仰首向天，闭目站在那里。手足之情，君臣大义，似乎感天动地。片刻间，帐外雷鸣电闪，暴雨如注。

奇迹发生了，窝阔台大汗气息渐均，脸上病容退去，生色渐浓。

"大汗！大汗！"在众人的一片呼喊声中，窝阔台大汗苏醒了过来。但正当他斜躺在榻上的身子抬起来的时候，在围着他的人圈外面，金碗从拖雷手中落地，父亲伟岸的身躯如山一样倾倒了下来。

这就是官史记载的拖雷之死。

就在父亲死去的那天夜里，为大汗念咒除病的老萨满也奇怪地死去了。

据说是窝阔台大汗的宠臣阿蓝答儿处理了老萨满的尸体，他的死因，没有任何人予以追究。

父亲的死，是我们这个家的一件大事。当噩耗传来时，我的大哥蒙哥已被派往黄金家族长子西征的血雨腥风之中。那一年我十八岁，正处在妻子帖木古伦新丧的悲痛之中。三弟旭烈兀和幼弟阿里不哥尚未成年。作为一个蒙古男人，我必须要帮助母亲共同撑起这天降的灾难。

母亲唆鲁禾帖尼痴坐帐中，数日滴乳未进，如枯木一般。年幼的阿里不哥将奶碗递到母亲嘴边，母亲只呆呆地坐着，一动不动。

阿里不哥劝她：“额吉，你要是心里难过，就哭吧，大人们都说，有了难过的事，哭出来就好了！”

但母亲唆鲁禾帖尼就那么僵坐着，一滴泪也没有。最后号啕大哭的是阿里不哥，他扔掉奶碗，冲向帐外，抱住十六岁的旭烈兀哭喊：“三哥，我们该怎么办啊?!”

阴云沉雷中，三弟旭烈兀向着黑暗的苍穹呼喊：“主宰一切的长生天啊，神不是谕示幼子守灶吗？为什么我父王却遭此噩运！这次征伐金国，他迂回数千里，闯关夺隘，是消灭金国

7

的最大功臣，为什么却不明不白地死在凯旋的路上！"

母亲唆鲁禾帖尼身边的家臣女仆们都在盼望，拖雷家需要一个男子汉帮助母亲分忧啊，长子蒙哥西征回不来，忽必烈回来就好了！

女仆们后来说，众人的焦急终于引来了一声惊雷。我是随着一道耀眼的闪电，从为我的第一个妻子帖木古伦的守灵处赶回来的。

女仆们说，那时候母亲唆鲁禾帖尼就如死了一样，当听到了帐外的声音，她凝滞的眼窝忽然动了。当我冲入帐中跪在母亲身前时，她将久盼的儿子揽入怀中放声大哭。

仿佛是应和她的哭声，帐外顿时大雨倾盆。


父亲拖雷离奇地死了。对父亲的死因，怀疑的远不止我们这一家人。

许多人都说，随着父亲的死，他所拥有的权势将一点点失去，拖雷家族从此就要一蹶不振，以至在不远的将来就不复存在了。这确实是我们家族所面临的最大危险！为了保全我们这个家族，母亲动用了她最大的智慧和力量。

巨大的悲痛过后，母亲终于平静了下来。她让我们三兄弟围着火堆而坐，给我们念《蒙古秘史》。这部《蒙古秘史》，正式成书于窝阔台大汗继位之后，但在那之前，显然已有抄本流传于蒙古人的王公贵族们之间。

母亲刻意要我们关注的是书中铁木真杀死异母哥哥别克帖儿的那一段：

一天，铁木真、合撒儿、别克帖儿、别勒古台四人钓到一条鱼，别克帖儿兄弟俩硬是抢了过去。回家后，铁木真、合撒儿向母亲告状别克帖儿抢走了鱼。诃额伦妈妈听罢对他们说："你们同为也速该的儿子，为何那般争吵呢？应该明白，如今我们举目无亲，这样下去如何向泰亦赤兀惕人报仇呢？你们可不能像阿阑豁阿母亲的五个孩子那样互相不和啊！"

铁木真、合撒儿毫不听劝，说昨天抢走了一只鸟，今天又把鱼抢走了，这样下去怎能共同生活？说罢起身而去，把门摔得嘎嘎响。

那时，放马的别克帖儿正坐在土丘上休息。他看见拿着弓箭的铁木真、合撒儿一前一后包抄过来，便说："泰亦赤兀惕兄弟欺辱我们的仇尚未报，你们为何把我当成眼中钉、肉中刺？已是举目无亲，形单影只，为何还要这样啊？你们不要毁了炉灶，害了别勒古台！"说毕，端正了坐姿，任由铁木真兄弟射杀了。


额吉，你给我们念这段秘史是什么意思？

母亲唆鲁禾帖尼说，秘史写得很简单，只说了事情。但事情的前因后果，要读的人去想。想对了，就对现在行事有帮助。

三弟旭烈兀说，现在有人说父亲是醉死的，我不信！也有人说父亲是主动喝下了洗病的巫水替三伯死的，我也不信！额吉你给我们念铁木真爷爷杀掉他的异母哥哥别克帖儿的故事，是不是要说我们的父亲也是被窝阔台大汗杀死的？

母亲唆鲁禾帖尼问，你铁木真爷爷为什么要杀死他的异母哥哥别克帖儿？

年幼的阿里不哥说，是因为他抢走了铁木真爷爷的鸟和鱼！

母亲问，仅仅是因为抢走了鸟和鱼吗？

我想了想说，别克帖儿是铁木真爷爷的异母哥哥，是家中的长子。那时候他们的父亲也速该已经不在了。按照蒙古人的风俗，当别克帖儿长大了，铁木真的妈妈诃额伦就将嫁给别克帖儿，铁木真不愿意这样。

旭烈兀接过来道，所以就杀了他！

母亲唆鲁禾帖尼说，这可能是一个原因，但是还有没有更重要的原因呢？

我们一时想不出来，都沉默着看着她。

于是母亲唱起了一支蒙古人的歌：

在一片草原上，只能有一条最宽的河，

在一片森林中，只能有一棵最粗的树，

在一片原野上，只能有一座最高的山，

……


忽然间，我明白了：

在一个家庭、一个部族中，只能有一个当首领的人。铁木真爷爷或者顺从别克帖儿，或者自己来当首领，他认为自己才是那个当首领的人，而别克帖儿又不可能顺服于他，所以他只能杀掉别克帖儿！额吉，是这样吗？

母亲唆鲁禾帖尼默默地点头了。

旭烈兀也明白了这一点，但他心里不服：铁木真爷爷杀死别克帖儿，是因为他不可能顺服。可是我们的父亲对新任大汗一片忠诚。成吉思汗爷爷去世时，把四大宫帐留给了他，把蒙古最中心的地方封给了他，把绝大部分兵马交给了他，把监国的重任交给了他，他尽心尽力召开忽里台大会，说服众多想推举他当大汗的宗亲贵族拥戴窝阔台伯伯登上大汗之位；大汗是他的亲哥哥，为什么要除掉他？

母亲轻轻叹了一声唱道：

河的源头在最远的深山里，谁能找得到呢？

人的忠诚在自己的心里，谁能看得见呢？

母亲说："你们铁木真爷爷当初杀掉他的别克帖儿兄弟，是相信他一定不会服从自己。而现在的窝阔台大汗，也许是不放心他的拖雷兄弟会永远顺服于他，特别是这次消灭金国，你们父亲的战功比任何人都大，威望也比任何人都高，甚至超过了大汗……"

旭烈兀性情刚烈，情绪激奋："如此看来，父亲必是大汗所害无疑，父亲被人害死，这样的仇怎能不报？"

我说："可是三弟，就算父亲是大汗害死的，这仇我们怎么报呢？去汗廷向大汗讨回公道吗？这意味着公然反叛！"

旭烈兀仍然不服："父亲麾下有那么多军队，反正我们不能像条死狗一样忍气吞声！"

母亲唆鲁禾帖尼勃然大怒："愚蠢！你父亲麾下虽然兵强

**11**

马壮，但你父亲死了，你能指挥得动吗？你知不知道，连你们的大哥蒙哥从西征战场赶回来奔丧，大汗都不允许他带回一兵一卒！你只是一个孩子，就想起兵反抗，那不是以卵击石吗？你们认真读读这本《蒙古秘史》吧，你知道你爷爷铁木真在最困难的时候是怎么渡过难关的吗？是逞一时之勇拼个鱼死网破，还是耐心潜伏等待时机？"

旭烈兀说："我不喜欢读书，我只喜欢带兵打仗，我将来要当和父亲一样伟大的统帅！"

"只有活下来的人才可能当统帅！"唆鲁禾帖尼母亲意味深长地说，"你爷爷铁木真要是年纪轻轻的就死了，哪里会有后来伟大的成吉思汗？还有，在我刚才讲到的故事里，我要你们好好想一想：当别克帖儿坐在土丘上，看见铁木真和合撒儿兄弟一前一后包抄过来时，他为什么不逃？而只是坐正了身姿，任凭他们射杀？"

母亲又扔出一个问题让我们三兄弟想。

阿里不哥说，他不相信他们会杀了他！

旭烈兀说，他认为他那样堂堂正正地坐着，他们就不敢杀害他！

他们没有认真想，我认真想了：他受到前后包抄，手上又没有武器，已经难逃一死。与其在逃跑中被杀死，还不如从容不迫地死。还有，他死前说的那句话，保护了他的弟弟别勒古台。铁木真要杀他，只是为了争夺家中的首领地位。别勒古台对他当首领没有威胁，他就没有必要再杀他。

母亲唆鲁禾帖尼点头道："还是忽必烈说得对，读到肚子里的书总是会有用处的。现在你们知道，你们的父亲明知那碗为大汗洗病的巫水里有毒，也一定要喝下去的原因了吗?"

我们含泪拜伏:"母亲，我们明白了，父亲是为了保护我们全家!"

母亲继续道:"同时你们也得明白，尽管有人怀疑你们的父亲是被下毒而死，但我必须向大汗表明，我相信拖雷是完全出于自愿和忠诚代替大汗承受病魔，被长生天召了去，并为此而感到无比荣耀!"

我们抬起头来:"母亲，我们明白了，母亲是为了保护我们!"

母亲唆鲁禾帖尼的神情是那样坚毅:"既然明白了，就要像你们的爷爷铁木真那样，当被人追捕时，无比小心和耐心地在水塘里躲着，直到危险过去。为了你们是拖雷的儿子，为了你们是成吉思汗的嫡孙，你们必须好好地活着!"

# 二

伯父窝阔台以大汗之礼将父亲拖雷的遗体葬于肯特山下的起辇谷。

汗廷之上，重臣耶律楚材代替大汗宣读诏书，对父亲拖雷的丰功伟绩进行褒奖，将其在各大封国间树立为忠君报国的典范，并诏令拖雷遗孀唆鲁禾帖尼代夫统领其领地。

窝阔台大汗的诏书，显示了他的宽厚之量和忠恕之心。从感情上，我一直不相信自己的伯父是一个奸诈狭隘、害人谋命的小人。但是，大汗的背后还有一个乃马真皇后。父亲死后，对拖雷家族不利的命令便接踵而来，我们不能确定，这些削弱拖雷家族的旨意，是来自大汗，还是来自他身后的那个女人。

听说参加拖雷葬礼回来的窝阔台大汗喝得大醉，那也许是因为内疚。当时在宫内走动的耶律楚材听到了大汗和乃马真皇后的一段对话，后来他把那段对话告诉了我。

大汗对乃马真皇后道："比我年轻的拖雷却先我而葬进了黄金家族首领的安息之地，他比我先去陪伴父亲成吉思汗，你满意了吗?"

乃马真皇后道:"你的诏书太优柔了,你不应该让拖雷家族继续领有原来的封地。"

窝阔台勃然大怒:"圣主成吉思汗生前的决定能随便改吗?拖雷之死,虽然大家嘴上不说,但你不能让大家心里不疑。要是他尸骨未寒,我就剥夺掉他家的领地,不是正好坐实了众人的疑心吗?况且,你担心威望会超过我的是吾弟拖雷,对纯良贤惠的弟媳唆鲁禾帖尼,难道也要除之而后快吗?"

乃马真皇后冷笑道:"亏你还是全蒙古的大汗!当年你的汗父杀死他的异母哥哥别克帖儿时手软过吗?打败他的义父王罕时不忍过吗?杀死他的安达札木合时心软过吗?他要是像你这样优柔寡断,怎么能当上全蒙古的大汗,并把这个汗位传给你?"

窝阔台大汗喃喃地说:"唆鲁禾帖尼不过是一个女人!"

乃马真皇后说:"可你不要忘了,这个女人还有四个儿子!"

窝阔台大汗说:"可现在成人的只有一个蒙哥。他从西征战场上回来奔丧完全听从了我的命令,除了身边的卫士,一队自己的兵马都没有带。"

乃马真皇后说:"所以,你不能再让他回到西征战场上去了,就把他留在汗廷里你的左右吧。"

窝阔台大汗说:"你是想把他留为人质?"

乃马真皇后说:"这有什么不好?我们不是从小就把他当儿子一样抚养的吗?再说,你大汗的宿卫军中,不都是各地宗王贵族们的儿子?没有这些人质,怎么能保证整个大蒙古国对大汗的忠诚?"

窝阔台大汗又喝下一大杯酒:"我的意思是,拖雷已经死了,他是为我而死的,我们应该善待他的妻子和孩子!"

乃马真皇后抚摸着丈夫的肩膀说:"那要看唆鲁禾帖尼对大汗是否有足够的忠诚!"

父亲拖雷死后,从汗廷传来的第一个诏令,是将大哥蒙哥留用于汗廷。

母亲唆鲁禾帖尼恭顺地接受了。

从汗廷传来的第二个诏令,是将父亲拖雷遗部最精锐的三千骑兵转赐给大汗的儿子阔端。许多人都认为这个诏令太过分了,必将激起拖雷家族的反抗。

果然,三弟旭烈兀听到这个消息火冒三丈:"这坚决不可以!这三千骑兵,父亲生前曾经明确说过是要交给我的,等我一到十八岁,我就是他们的首领!与其让大汗一个诏令就夺走他们,还不如我立刻就带着他们去投奔我的拔都大哥!"

谁知道母亲厉声喝道:"旭烈兀,你闭嘴!祖先的故事你忘了吗?我问你,当别克帖儿被你爷爷铁木真杀死之后,他的亲弟弟别勒古台怎么样了?他是立刻拿起武器去向铁木真报仇,还是顺服了你的铁木真爷爷?"

旭烈兀不吭声了。

我对三弟说:"别勒古台顺服了铁木真爷爷,后来也成了爷爷手下的大将,一直到现在,他还活着。"

母亲问:"你还要去投奔拔都大哥,难道拔都的军队就不是大汗的军队吗?"

我劝旭烈兀:"三弟,既然大汗下了诏令,就给吧。好在给的是阔端兄弟,阔端兄弟和我们兄弟比较亲,就算我们送他的一个礼物。虽然都是大汗的儿子,给阔端总比给贵由好吧。"

旭烈兀看着我,流下了委屈的泪。

母亲唆鲁禾帖尼问:"大汗的使者在哪里?我去见他。"

此时在前面的大帐里,汗廷的使者正和我们的家臣们对峙着。

母亲带着我们三个儿子走来,向汗廷的使者谦恭地说道:"唆鲁禾帖尼来晚了,请勿介意。大汗的诏命我知道了。这支骑兵是先汗赐给先夫的,是先夫最倚重的一支兵马,突然要从我们的领地划走,我们当然舍不得,众家臣也不理解。但是我知道,军队和我们,本来就是同属大汗的,过去属于成吉思汗,现在属于窝阔台大汗。大汗知道他在做什么,我们要服从大汗的命令!"

她的一番话,平息了紧张的气氛。

原本担心无法交差的使者顿时也轻松了:"王妃深明大义,本使一定向大汗奏明!"

母亲唆鲁禾帖尼对我说:"忽必烈呀,你不是一直想去看望一下阔端兄弟吗?不如就趁这个机会,带着这支部队亲自去交给阔端,也把这批兵马的特点向他交代清楚,这样他使用起来才会得心应手。打了胜仗,光荣不是都属于我们的大汗吗?"

母亲就这样处理了这个棘手的问题,不但没有得罪大汗,还加深了窝阔台家系的阔端和我们拖雷家系的友谊。在后来的某个关键时刻,阔端的友谊有力地支持了拖雷家系。

后来我从汉人老师给我讲的《老子》中，懂得了柔弱胜刚强的道理。

我的母亲是多么聪明，她似乎是天生就懂得这样的道理。

由此我知道，不同的民族中有一些根本的智慧是相同的，只不过汉人早就用他们的文字记录下了他们祖先的思想；而我们蒙古人的国家在成吉思汗时才正式建立，还没有发明属于自己的文字。母亲熟读的那本《蒙古秘史》是借用畏兀儿人的文字写成的我们蒙古人的第一本历史。她从这本秘史中不断汲取智慧和力量，来应对现实中袭来的艰难和险恶。调拨属于我们家族的骑兵给别人，只是她碰到的第一个难题，更严重的难题还在后面。


一波方平，一波又起。

乃马真皇后又在窝阔台大汗的身边为彻底消除拖雷家族的威胁而出谋划策。耶律楚材后来告诉我，性情原本并不险恶的窝阔台大汗不愿意再继续为难拖雷家族，他说："拖雷为我而死，我心已有内疚。调走骑兵一事，弟媳又表现得极为顺从，你还要怎么样？"

乃马真皇后说："唆鲁禾帖尼自然不能怎么样，但你不要忘了拖雷还有四个儿子！现在成人的虽只有蒙哥一个，但不久之后他们全都会长大成人，那将成为我们窝阔台家族最大的威胁。"

窝阔台大汗勃然变色了："难道让长生天召走了一个拖雷还嫌不够，还要把他的四个儿子全都召去吗？那样全蒙古的人会怎样看待我这个大汗！"

乃马真皇后笑道："有一个办法，不用伤及任何人的性命。你弟媳唆鲁禾帖尼现在是寡妇了，她还年轻貌美，应该还需要男人……"

大汗说："你的意思是让她嫁人？嫁给谁？"

乃马真皇后说："当然不能嫁给外人，要嫁，就只能嫁给我们的长子贵由。婶母嫁给长侄，这完全合乎蒙古人的风俗，弟娶寡嫂，子纳父妾，在草原上不是天经地义的吗？只要这门婚事能够成功，那么拖雷家族就并入了我们窝阔台家族，她的儿子也就成了我们的儿子，今后还有哪个家族能够挑战窝阔台家族这个黄金家族中的黄金家族呢？"

两家并为一家？如果弟媳愿意，那自然再好不过！窝阔台显然被这个建议说动了。于是让耶律楚材根据皇后的意思拟旨。

……手足情深固然难忘，但遗孀凄苦也须体谅。

为万全计，本汗故劝谕唆鲁禾帖尼王妃再嫁于汗长子贵由……

大汗的诏书，是由他的宠臣阿蓝答儿前来宣读的。

那一天，是我们拖雷家族被逼到悬崖边上的一天，其情势比上一次诏旨到来时严峻百倍！只要接受了这道诏旨，那拖雷家族就永劫不复了。我看到母亲唆鲁禾帖尼接旨时双手颤抖，面如死灰，那一时刻绝望之情笼罩了我们全家。我感觉到幼弟阿里不哥浑身在颤抖，而三弟旭烈兀的手已经按在了腰间的刀把上，似乎随时会拔刀出鞘向那使者砍去。

母亲唆鲁禾帖尼接旨在手，闭上眼睛，仰头向天伫立。

长久的沉默。阿蓝答儿和我们拖雷家族中人的目光在沉默中交锋着。远处传来悲凉的蒙古长调。在这歌声中，母亲的面色渐渐地缓和了，她急促的呼吸也变得均匀了。她睁开眼睛，直视着使者，平静地说道：

"大汗的美意我领受了，我怎能违背大汗的诏旨呢?"

母亲的话挽救了我们全家!

阿蓝答儿刚想说话，被她伸手止住："但我有一个愿望，这个愿望是当知道拖雷为大汗而死后我向长生天所发的愿望，我必须抚养拖雷的孩子，把他们带到成年和自立之时! 请你将我的这个愿望回复大汗吧!"

说毕，不等他有何反应，便略一躬身，转身带着我们三个儿子走了出去，只把使者阿蓝答儿呆呆地晾在了那里。

那一天，母亲有礼有节的婉言谢绝，既没有冒犯大汗的天威，又保护了我们拖雷家族。据说，乃马真皇后并不死心，还准备亲自出马逼母亲就范。但母亲唆鲁禾帖尼闻讯后却先发制人地派人宣示说："不劳皇后大驾了，我对拖雷的忠诚和责任是不可更改的。既然拖雷可以为大汗而死，那么必要时我也可以为拖雷而死!"

母亲的冷静、母亲的以柔克刚、母亲的决绝最终没有使大汗以硬性逼迫来解决这一问题。但这毕竟是拒诏，拖雷家族的命运依然凶险难测。

关键时刻，多亏了大汗身边的那位大儒耶律楚材。自从金国被灭以后，他的重要性降低了，大汗不再听从他"从政以儒教"的政见，但他依然用"修身以佛法"来劝诫大汗行事当为善。"多行诸恶，必有报应"是他多次向大汗喻讲的佛家信条。恰在此时，大汗钦定的汗位继承人——他最挚爱的皇三子阔出意外死于征伐南宋的途中，这使大汗精神痛苦，借酒浇愁，最终导致了他在问政上的一蹶不振。这说明大汗的本性不失善良，于是拖雷遗孀拒诏之事也就不了了之，拖雷家族被吞并的命运总算避免了。

从这个时候起，母亲开始考虑拖雷家族的未来。因为蒙古人的书籍只有那一本《蒙古秘史》，为了得到更多的知识，她开始专门为孩子们请来有名望的学者做家庭老师。这种对后世影响深远的做法其实来自我的祖父成吉思汗，是他开始雇用外国人做书记官、译员、家庭教师、顾问、商人，甚至军队的指挥官的。后世的许多人都认为蒙古人横扫世界的时代是一个非常野蛮的时代，却很少有人想到那也是一个非常开放的时代。我祖父成吉思汗的战刀在东征西伐时确实杀掉了许多无辜的人，但他所向无敌的铁骑也把大地上原本隔离着的藩篱打通了，战争使不同地域的人们有了交往。有祖父聘请各种有才能的人的先例，我母亲为他的儿子们聘请家庭老师的做法也就是理所当然的了。母亲为三个儿子聘请的老师各有不同：旭烈兀的老师是从西域来的兵学家；阿里不哥的老师是跟从蒙古人的畏兀儿学者；而我的老师主要是汉地有名望的学者，这些汉地学者们有一个共同的称谓，那就是：儒！

# 三

第一个对我产生了影响的儒者并不是一个汉人，却是一个几乎精通所有汉地学问的人，他就是我祖父成吉思汗信任的顾问、我叔父窝阔台大汗倚重的大臣耶律楚材。当他成为我的老师时，已是一个落寞之人。

因为窝阔台大汗的意外驾崩，他立刻就被乃马真皇后排挤出了汗廷，连参加大汗葬礼的资格都被取消了，这对于以忠君之道立身的耶律楚材来说是莫大的痛苦！而在此时我来到他门庭冷落的宅邸向他拜师求学，让他的满腔忠诚有人可说，对他来说或许是莫大的安慰。

"忽必烈王子，现在整个汗廷都对我冷眼相看，你为什么要到我这里来？"

"是母亲要我来拜你为师。你向我祖父成吉思汗建议以仁治国，我祖父信任你；你向窝阔台大汗建议在攻破金国大梁时切勿屠城，我伯父倚重你；你还为窝阔台大汗做了许多对治国大有益处的事情，比如反对把汉人的城池田地变成放马的牧场，而是以仁术治之，可得银、帛和粮食，足够南下灭金之用。你还倡导了戊戌选士，使数千名儒士脱离了驱奴之籍……"

年迈的耶律楚材闻之动容，竟向我躬身而拜：

"知我者王子！可惜窝阔台大汗已去，现在掌权的乃马真皇后已经不会用我了。"

"乃马真哈敦不用你，但我想一旦忽里台大会选出新的大汗，汗廷还会用你的。"

耶律楚材长叹一声："依老朽所见，起码在数年之内不会有忽里台大会，也不会有新的大汗了！"

我闻言大惊："那么，谁来掌管现在如此之大的大蒙古国呢？"

耶律楚材不禁垂下泪来："乃马真皇后自己！"

我更为惊讶："一个女人来当全蒙古的大汗？"

耻律楚材说："真正的蒙古女人是不会这么做的。我虽然是个儒者，熟读汉人的经史子集，但是我也认真拜读过《蒙古秘史》，这本蒙古史书所记的蒙古女人，都是可敬可赞的，比如成吉思汗的母亲诃额伦；比如他的妻子勃尔帖；也许还有你那了不起的母亲唆鲁禾帖尼，她们都在男人最需要帮助的时候帮助了她们的男人。她们的智慧并不亚于男人，但是她们从不代替男人去做男人的事情。这就是蒙古女人的可贵之处！但是现在的乃马真皇后脱列哥那氏，她不是一个蒙古女人，倒像是一个汉人女人。汉人的学问有太多值得蒙古人学习的地方，但是女人干政这种事情，千万学不得，一学那就要天下大乱！"

是啊，蒙古女人主要的事情就是放牧和挤奶。女人干政，对于我们蒙古人来说是非常陌生的事。耶律老先生给我讲了汉人历史上女人干政的故事：汉代的吕后，还有唐朝的武后，后来成了汉人的第一个皇帝。这些故事让我惊讶：汉人千百年前的历史竟也要在我们刚刚建立才数十年的大蒙古国的汗廷重演吗？莫非真要天下大乱？

我问："真的天下大乱了，我们应该怎么办？"

耶律楚材说："权是乱之源，也是治乱之本。对于不掌握治乱之权的人，只有一策：那就是安放好自己的心！顺应自然之变，在应该的时候做应该的事。"说着，他挥笔为我写下了一个汉字：安！

我不认识汉字。看起来像是一顶帐篷。

耶律楚材说："作为一个一般的蒙古王子，你可以不识汉字，不懂汉话。但是你如果想当一个有大作为的蒙古王子，就应该识一点儿汉字，懂一点儿汉话。比如这个安字，上面是房顶，也就是蒙古人的帐篷，下面是一个女人。这意思就是，家中有了一个好女人持家，家就是安的！忽必烈王子，我知道你刚刚失去了你的爱妻帖木古伦，还在悲伤之中，我劝你节哀。当此国家将乱之时，你的当务之急，就是尽快找一位能为你持家、帮你做事，像诃额伦、像勃尔帖、像你的母亲唆鲁禾帖尼那样能够做好妻子、好母亲的蒙古女人！"

"我的爱妻帖木古伦刚刚离开我去了长生天，我不知道能够代替她的蒙古女人在哪里。"

耶律楚材忽然露出了慈祥的笑："孩子，你不知道她在哪里，但是你的母亲唆鲁禾帖尼知道她在哪里。老朽我也知道她在哪里。汉人有一句话叫'远在天边，近在眼前'。你明白吗?"

"我不明白。"

耶律楚材说:"你的母亲命你到我这里来有两重意思:一重是拜师,学习汉人的知识,这是我们正在做的事情。还有一重是什么你知道吗?那就是相亲,让那个将要成为你生命中最重要的女人,在老朽我这座已经没有人关注的宅子里,和你见面!"

我更加不解:"为什么要在老师你的家里安排相亲?"

耶律楚材又在那个安字边上写了一个"全"字:"为了安全!你是王子,目前不光你这个王子,还有你的长兄蒙哥王子,都处在朝廷监视之下。你要知道,你的这次婚姻,不只是你和她两个人的结合,也是你们拖雷家族和弘吉剌部按陈王的结盟。面对乱世,只有同心的人结成同盟,才可能对付危险和灾难!"

我更为惊讶:"弘吉剌的女人?我的祖父成吉思汗曾说过弘吉剌的女人是要嫁给黄金家族的男人成为皇后的,莫非她就是传言中那个……?"

耶律楚材额首笑道:"你猜对了,她就是按陈王的爱女察必!"

这时候,耶律楚材让儿子耶律铸请察必出来与我相见。

耶律铸移开一道屏风,原来察必就安安静静地坐在那里。

说实话,因为新丧爱妻,我对相亲之事本无兴趣。但当我和她四目相对时,仿佛有一道灵光在二人心间闪过,我们感觉到,对面的那个人,就是我们互相在生命中将会长相厮守的男人和女人。

和我见过面后，察必慢慢走上回程，等待拖雷家前往提亲。我毕竟因为前妻新丧，想等一等再说。但没有想到，紧接而来的竟是一场抢婚。

原因是乃马真皇后也在打察必的主意。前一次想让我母亲唆鲁禾帖尼嫁给她儿子贵由的计划未成，这次又想用察必嫁给贵由的方式来和按陈王联姻，以此来增加政治上的盟友，减少潜在的敌人。她派出阿蓝答儿前往提亲，并授意软的不行就来硬的：抢婚。长兄蒙哥在汗廷中得知了这一消息，派人悄悄送信给我，要我一路护送察必回弘吉剌，务必不能让阿蓝答儿的使命成功。同时也派人赶回家族领地，要母亲迅速派出求亲使者，赶在阿蓝答儿之前向按陈王求婚。

于是，正要离开和林回家的我改变了方向，一路护送察必回家。但母亲派出的求婚使者尚未抵达，我不便和察必并肩而行，便保持距离在后面不远处跟随。当察必一行扎营时，我也在不远处扎营。我们站在各自的帐篷前遥遥相望，两颗心已在渐渐接近。

阿蓝答儿的行动快了一步，抢先到了按陈王的领地。但按陈王并不愿把女儿嫁给贵由，故意以出猎为由躲避开了，只留聪明能干的亲信奴仆阿合马在家用酒肉来对付这位来自汗廷的求婚使者。并暗中派人通知已回到家门口的察必先不要回家，以避开皇后的求婚风头。

阿蓝答儿碰了个软钉子，却由探马打听到察必就在附近扎营，他决定抢回察必向皇后表功。但他并不知道我的营地也在察必附近，见到阿蓝答儿竟然敢来硬的，我也不得不来硬的了，纵马向前和阿蓝答儿持刀相对，将察必从阿蓝答儿那里抢了回来。阿蓝答儿虽为皇后所派，但毕竟不敢和身为王子的我以刀相拼，只能悻悻退去。他此后对我表现出那种不可消弭的仇恨，大概就由此而生。

阿蓝答儿没有完成使命，赶回和林告状，但恰在此时窝阔台大汗驾崩了，其他一切事情都不重要了。

在窝阔台大汗归天，由乃马真皇后临朝称制的那几年间，汗廷中发生的许多事情无须一一细说，但是其间发生了三桩婚事，却是不得不说的，因为这三桩婚事从小处看仅仅是两个家庭的男婚女嫁；而从大处着眼则是几个蒙古王族封地之间的政治结盟，而且这三桩婚事的男主角都是我——拖雷的次子忽必烈。

第一件就是我和察必的婚姻。当母亲带着新婚的儿子和媳妇前往和林叩见监国皇后时，乃马真哈敦虽然心中不悦，但木已成舟，也无可奈何了。

为了拉拢我们拖雷家族，乃马真皇后诏命蒙哥，即日承袭拖雷封国、继承合罕之位，同时提出要将她的内侄女塔腊海赐给我长兄蒙哥为妻。谁都知道塔腊海是一个姿色平淡并且智慧平庸的女孩，这桩婚姻的实质不仅是为了和拖雷家族拉近关系以巩固她的统治，还有一个显而易见的目的：给拖雷家族当事的长王子蒙哥身边安插一个眼线。

这时候，我看到陪同觐见的大哥脸色暗淡了。娶塔腊海为妻，绝非他之所愿。但他又不能拒绝，如果当面拒绝，则意味着与监国皇后撕破了脸面。

我的母亲唆鲁禾帖尼一时也没了主意。

谁也没想到，在关键的时刻出面挽救了局面的，竟是我的新妻察必！

察必以娇憨之态及时喊冤了："启奏老祖宗，这事也太不公平了吧！蒙哥长兄早已有了七八个妻妾，而我夫忽必烈却只有我一个。我和忽必烈刚刚新婚，就听说他将奉汗廷之命，远赴钦察之地请拔都合罕前来参加忽里台，这一个往返就是七八个月，留下察必一人多么孤单！所以察必斗胆恳请老祖宗将塔腊海妹妹赐婚于我夫忽必烈，让察必挤奶熬茶好有个伴儿，也免得外面的人看不起只有一个女人的忽必烈啊！"

蒙哥如释重负，立刻表示自己的女人已经足够多，愿意将塔腊海让贤于弟。

母亲唆鲁禾帖尼也立刻表示此事甚好，说忽必烈生性温雅敦厚，比蒙哥更会心疼女人，希望乃马真哈敦玉成。

乃马真皇后虽然心中不快，但沉思片刻后便哈哈大笑："好一个会持家的媳妇，就连女人也帮着丈夫往回揽！我对蒙哥和忽必烈都视如己出，既然察必如此贤惠，蒙哥也愿意让贤，那么就遂你们之愿，把塔腊海嫁给忽必烈吧！"

# 四

这是我的第二桩婚事。

当走出乃马真皇后的宫帐时，蒙哥对察必谢道："早知道按陈王的爱女美丽贤惠，谁知更有如此出众的智慧，当场解了这道难题，为长兄化解了难事。只不过委屈了吾弟忽必烈，当塔腊海进家，你可要让他多加小心啊！"

察必笑着答道："放心吧大哥，就两个老婆都管不了，他还算个男人吗？"听着这话，我脸上苦笑，心中却是甜的。

我的第三桩婚事，则是我前往钦察封国时发生的。

我的任务是促请术赤家系的首领拔都兄长前来参加乃马真皇后召集的忽里台大会。而在西征时和贵由王子闹翻了的拔都兄长远在钦察草原，用汉人的话说天高皇帝远。他知道乃马真皇后召开忽里台大会的目的是为了把她的儿子贵由扶上大汗之位，便以生病不能赴会为由坚决不给乃马真皇后面子，却让我带回了一位极具西部风情的美女子，名叫伯要兀真。说明要她嫁给我的长兄蒙哥为妻。

拔都合罕的意思很明确，就是要借此婚姻让成吉思汗的长子术赤家系和幼子拖雷家系结亲成盟，以此来对抗正在汗廷掌着大权的窝阔台家系。而让贵由继任大汗，那是他绝不会同意的事情。我遵从拔都兄长的意思带回了那位西域美女伯要兀真，但这件牵涉到术赤和拖雷两个家系的婚姻，原则上还须得到既是监国皇后又是长辈婶母的乃马真哈敦恩准。

在我向乃马真皇后奏明使命时，事情又发生了意想不到的变化！

"这么说，拔都他就是不肯给我这个面子了？"乃马真哈敦冷冷地问道。

我说："拔都合罕确实身患疾病，不能前来赴会。"

"身患疾病，那恐怕是装的吧？"

"回禀大哈敦，您的猜测不无道理。据《蒙古秘史》所记，当年成吉思汗召长子术赤前来会猎，术赤称病未到。大汗与您现在的猜测一样，认为术赤是装病抗命，甚至想率军亲征。但不久之后，术赤果然病故，大汗非常伤心！"

我用从书中学到的典故试图化解他们之间的矛盾。

"既然你如此说，那我就权且相信他吧。"乃马真哈敦看着下面站着的伯要兀真问："这就是拔都请你带回来的女人，要嫁给你的长兄蒙哥？"

我回禀道："正是。还望监国哈敦恩准为盼。"

乃马真又如上次那样沉思了片刻，然后说："既然你们两家的婚事需要我这个长辈大哈敦来恩准，那么就这样吧……"她看着我说，"上次我要把塔腊海许给你长兄蒙哥，却被你的妻子察必为你要了去，理由是蒙哥已有妻妾七八个，而你忽必烈只有一个。现在，蒙哥的妻子不是仍然远远多于你吗？你作为拖雷家的二王子，只有两个妻子，还是太少了。这位西域美人由你从钦察封国历经数月才带回来，一路上朝夕相处，恐怕早已日久生情。我看不如就把她许配给你为妻吧。想起上次察必为你讨要女人的大度，她一定不会吃醋的！"

皇后说罢大笑。而我大惊失色："可是，蒙哥长兄他……"

"你蒙哥长兄是一个大度的人，既然上次能把塔腊海让给你，这次就不能把伯要兀真让给你吗？这位西域女子虽然有些姿色，但论身份，怎可和我的内侄女相比？我既已允了这门婚事，你们就赶快去办吧。只是有一条，婚礼绝不可超过塔腊海的排场，按汉人的习惯，她不过是一个小妾而已，就在你的府中走走过场即可。"

说完，不待我反应，大哈敦走下宝座转身离开，只留下一个高傲的背影。


当天晚上，在母亲和长兄面前，我把白天觐见乃马真时的情景一一禀明。当讲到乃马真皇后硬把本来要嫁给蒙哥的伯要兀真许给自己时，我看着长兄的眼神不禁有些诚惶诚恐。

母亲唆鲁禾帖尼笑了，她看着蒙哥问道："长儿，你现在已经担负起你父亲的责任了，对这件事如何看待？"

长兄也笑了，对于这个从西域带回的女人的归属问题，他是豁达的：

"二弟一路辛苦从拔都那里带回的西域美女我看过了，美固然美，但我蒙哥不是一个见了美女就拔不动腿的人。上次乃马真哈敦要把塔腊海嫁给我，却被察必弟妹要去了，惹得监国皇后老大不高兴，却又不好发作。这次，她还我一报，出一口恶气，也在情理之中。我想拔都王子送这个女子过来，本意是代表他的术赤家系与我们拖雷家系联姻，从此如同有了盟约。我是拖雷的儿子，二弟也是拖雷的儿子，无论伯要兀真嫁给谁，都不影响术赤家和拖雷家的结盟。既然如此，二弟你就笑纳吧，不管怎么说，拔都兄弟给我们送来的这位美人，可比乃马真哈敦赐给的那位内侄女动人得多了！"

他看着站在一边的察必："只要察必弟妹不吃醋就行。"

这时候我们母子三人都看着察必，只见她嫣然一笑："上次我没有吃醋，这次为什么要吃醋呢？一只羊也是吆，一群羊也是赶，我们蒙古女人是喝奶长大的，可不像汉人的女人，她们是喝醋长大的！"

一番话说得大家都笑起来。笑声中对察必的大度多了一份敬重。


这就是我年轻时的三桩婚事。

我和察必的婚姻，使得按陈王家族和拖雷家族结盟，察必从此伴我一生。

我和塔腊海的婚姻，表面上达成了窝阔台家族和拖雷家族的结盟，在那一段政局动荡的日子里保证了我们家系和领地的安全。

而我和伯要兀真的婚姻，则使得成吉思汗的长子术赤和幼子拖雷的家系结成了牢固可信的同盟。这种盟约的秘密程度，是在我和伯要兀真的新婚之夜才知晓的。

当我的又一个新婚之夜将要开始之时，前两位妻子在我面前，看着今夜的女主角伯要兀真。

察必首先亲吻了我，说了声："伯要兀真妹妹今夜就交给你了！"

她又拥抱了新娘子："我们的夫君今夜就交给你了！"

塔腊海也学着她的样子做了。然后两人携手而出。

现在婚帐中只剩下了新郎和新娘。我自然不好意思："本来是为长兄蒙哥带回你来的，没想到却带进了自己的帐篷。"

伯要兀真看着我说："这个结果很好，正是我想要的。如果让我自己挑选，我会选你而不是蒙哥。"

"为什么？我的长兄各方面都比我强啊！"

伯要兀真说："但我看出来他有一点不如你，他的心不如你柔软和温暖！如果嫁给权势和力量，我应该嫁给他；如果是要嫁一个好丈夫，我愿意嫁给你！"

这话让我呆立在那里想了半晌。是伯要兀真轻柔的声音惊醒了我：

"你准备好当丈夫吧，我要脱衣服了！"

当新娘子的衣服一件件脱掉时，最后露出了挂在胸前的一个小香囊。

伯要兀真打开香囊，将藏在其中的一小卷薄羊皮取出来交给我。

"这是什么？"我惊讶地问。

"这是拔都合罕让我带来的一封密信，叮嘱我在新婚之夜才可取出交给夫君。他说，这是只能交给拖雷家族最重要的人的密信，我想，交给你和交给蒙哥合罕是一样的！"

我想了想，将那一小张薄羊皮又放回香囊之中。我忍不住抱起伯要兀真那香艳的身体：今夜是属于新郎和新娘的，国家大事，明天再说吧。

第二天一早，我就来到了正在练习拉弓放箭的长兄面前。

蒙哥笑话我："怎么起得这么早，莫非美人的身体留不住你的晨睡？"

"心有大事，不敢贪睡。"我取出那个小香囊递给长兄，"这是拔都兄弟捎来的密信，特意叮嘱伯要兀真在新婚之夜才可取出呈上。"

蒙哥接过来不禁警觉地问："你看了吗？"

"我知道这封密信是拔都合罕给长兄你的，未敢先看，请兄长启读。"

蒙哥展信反复读着，紧拢着的眉头渐渐地松开了，露出笑意："好啊，这封信里的意思，也只有我读得懂！"

"可否告诉愚弟一二？"

蒙哥道："此秘信中的意思有三：

"其一，送上正妻之妹伯要兀真，是为永结术赤和拖雷家族之盟好，希望吾弟欣然纳之。这一点，你已替兄做了。

"其二，乃马真召开忽里台是为推举贵由为汗，对此拔都决不认可。即便贵由被推为大汗，也不会长久，不妨静观待变。

"第三，"他说，"为兄老了，但愿长生天保佑吾弟早成大业，如有天赐良机，为兄定将全力促成！"

说完，他将那块小羊皮用嘴撕碎，并将香囊交还给我：

"这个小东西，是你新婚的信物，还是归你保存吧！"

这就是我的第三桩婚姻中所藏着的巨大秘密。

这个秘密中所蕴含的力量，用我尊敬的老师耶律楚材解释汉人《易经》的说法，叫作"潜龙勿用"。要在数年之后才会"见龙在田，利见大人"。

但耶律楚材这位对两任蒙古大汗和我们拖雷家系给予了巨大帮助的儒者，却没有见到拖雷家"见龙在田，利见大人"的那一天。促成我与察必的婚事不久，他就在监国的乃马真皇后对他的冷落与打击中凄然辞世了。

成吉思汗和窝阔台汗时代最有影响的一代大儒离去了。和林汗廷中，与儒学接近的大臣们有的被排挤，有的被诛杀。临朝称制的乃马真皇后最宠信的两个大臣，竟然是西征女俘法蒂玛和西域商人奥都拉合蛮。他们一个掌握着朝中的政治大权，另一个掌握着国家的经济命脉。

在我们拖雷封地，却是另外一种情形：

长兄蒙哥接替父亲掌管着封国中的军政大事。

三弟旭烈兀在努力学习领兵打仗的本领。

不离母亲左右的幼弟阿里不哥虽然年纪尚小，但也意识到了将来他会是拖雷家的守灶之人，也开始向他的畏兀儿老师学习本领，只是他对汉人的学问不感兴趣。

而我，则因为自己的兴趣，或许还有母亲和妻子察必的影响，始终没有中断对汉人学问的学习。母亲的家族是信西方人的天主耶稣的，但她对汉地的佛教和道教也颇有好感。爱妻察必是个虔诚的佛教徒，但她对儒学的喜欢并不亚于她所信仰的佛教。而我则相信耶律楚材老师的教导，他认为在汉人上千年的学问中，儒、释、道三者其实是相通的。就像天与地通，地与水通，而水升腾为云，又降落为雨，又与天和地都相通。

或许是老师的灵魂如云升天，又化为雨落了回来，在不久后的虎儿年（1242），汉地最有名望的和尚海云法师来到蒙古大地的中心和林讲道，随后就作为拖雷家的贵客留居了一段时日。他身边有一位年轻的和尚名叫刘侃，法号子聪。这位子聪和尚博学多艺，不仅像他的师傅一样懂得佛法，天文、地理、律历，对三式六壬遁甲之属也无不精通，于谈论中深得我的敬佩，从那时起，我们成了三十多年的朋友和君臣。这位刘侃为我讲解"治乱之道，系乎天由乎人"，特别强调"可以马上取天下，不可以马上治天下"的道理。回顾平生，他是对我影响最深、最久的人。同在这一年，经海云法师介绍，西京怀仁人赵璧应召而来，成为我的门客和幕僚。为了让我更方便地学习汉人的经典，赵璧开始学习蒙文，并用蒙文为我翻译儒家典籍。我常常和他一同在草原上策马并行，在马背上听他为我讲解《大学衍义》。

在其后的龙儿年（1244），前金状元王鹗也携着孔子画像来到我们的封地，为我讲解《孝经》《尚书》《易经》，常至深夜。那些古代汉人的道德学问使我颇有感触："吾当时虽不能即行这些道理，安知异日不能行之？"

那个时代是我们蒙古人在漠北大地上叱咤风云的时代，而对于居住于漠南的汉人来说，却是山河动荡国破家亡的时代。于是为了生命的安全，为了学问的保存和继承，甚至是为了寄托他们治国安邦的理想，不断有汉人儒士投奔到我的封地和宗府，把这里当成了他们安身立命之所。其后陆续到来的，还有张德辉、张文谦、张易等饱学之士和姚枢、窦默、许衡等一代汉地大儒。

从牛儿年（1241）窝阔台大汗驾崩之后，便是乃马真皇后监国的时代。很难想象那时候那个疆域辽阔的庞大帝国，是由女人在统治着。乃马真皇后和我的母亲一样是信仰耶稣基督的，但是性别和信仰都没有减弱她夺取和保持权力的欲望。在六年后的马儿（1246）年，经过多方馈赠和四处遣使，她终于在和林附近的达兰答巴思召开了忽里台大会。在察合台家系诸王的主要支持下，如愿以偿地把她的儿子贵由推上了大汗之位。

在随同长兄蒙哥参加这次忽里台大会时，我带上了我所信任的几位汉人老师，让他们从旁见识了我们蒙古大汗的推举过程。在回来的路上，我注意到这几位汉人老师全都若有所思，沉默不语。我知道，这和他们所知汉人皇帝的产生过程是完全不同的，便问他们感想如何。

姚枢说："拔都合罕以病为名拒绝参加选汗的忽里台大会，意味着他不承认贵由汗的统治。你见过汉人的鼎吗？鼎是一种代表国家的重器，有三足或四足。若缺一足，则极易倾覆！拔都的态度，意味着这位第三任大汗的地位缺了一足，是不稳固的。"

窦默说："母以子贵，子以母荣，在目前阶段，贵由母子已经做到了这一点。乃马真皇后不想让窝阔台大汗最宠爱的孙子失烈门继承汗位，而要由自己的儿子贵由来当大汗以保证大权不旁落。贵由大汗虽然才有所疏，志却不可谓不大！这从他诘问西方教皇使者的问话就可以看出。"

刚登上大汗之位的贵由对西方教皇的使者说了些什么呢？他盛气凌人地对英诺森四世的使者卡尔平尼说："你们的教皇怎么知道上帝要赦免谁？要怜悯谁？你怎么知道上帝同意了你们教皇所说的话？在我看来，上帝赐予了我们蒙古人——而不是你们的教皇——统治从日出之地到日落之地——世界上所有地区的权力。上帝打算让蒙古人通过成吉思汗的伟大法律，将上帝的戒律和法令传播于世！"

窦默继续说："贵由大汗对西方使者的质问是很有威势的。但是，无论是摄政已六年的乃马真皇后，还是刚刚当上大汗的贵由，他们都不懂得'福兮祸所伏'的道理，不顾一切地求权求福，却从不考虑自己能否当得起如此大福。所以，当大权在握、大福在怀的时候，大祸很快就要临头了！"

我惊讶地问："真会是这样吗？子聪师傅，你认为怎样？"

刘侃道："在忽里台开会期间，我夜观天上星象，日观乃马真皇后和贵由大汗的面相，我……可以直说吗？"

我看着他："你我早已无话不谈，此处没有外人，但说无妨。"

"他们母子二人权已过重，福已过头，都将面临无妄之灾。"刘侃说，"对于乃马真皇后来说，时间不过一两年；对于贵由大汗来说，时间不过三五年，其灾必现！"

# 五

　　我的这几位汉人老师不但深明人情世理，而且料事如神。

　　果然强悍的贵由大汗一上台就与其母反目，为了夺回实权，他不惜处死了乃马真皇后最为宠信的女大臣法蒂玛，起用了被其母罢免流放了的镇海和牙剌瓦赤等人。而乃马真皇后所倚重的左膀右臂被儿子砍掉后，这位伤心的母亲不久就神秘地死于后宫之中。有人说是病死的，更多的猜测是被毒死的。无论是哪一种死法，都让人对权力毛骨悚然。难道在那种巨大的权力面前，母子感情也可以像一碗坏了味道的马奶，随手就可以泼掉吗？

　　但是不管如何，贵由大汗已经开始毫无顾忌地行使已经到手的权力。他短暂的统治几乎就是一段恐怖的报复时期。他当众拷问、羞辱和处死了法蒂玛，并对所有与法蒂玛有关系的人穷追猛打。他以貌似合法的手段来对付他的、也是我的叔祖父帖木格斡赤斤，这唯一一个还在世的成吉思汗的嫡亲兄弟。因为他曾对汗位有过要求，贵由汗在一个封闭的帐篷中审判并处死了他。

贵由接下来对付他认为的其他政敌。他迫使在察合台家族领地摄政的遗孀迁移；他下令对拖雷领地的财产事务进行调查，并且命令将原拖雷家系继承的军队全部交出来，以此来控制东部地区。但他最大的行动是集结汗廷的军队向西转移，声称要在那里举行一次大规模的围猎。其实，围猎只是军队转移的一个借口，他真实的目的在于对钦察汗国的拔都进行突然袭击，以消灭他的这个最大的政敌！

严峻的形势迫使我们拖雷家系再一次做出选择：是完全屈从于贵由大汗，还是保持我们拖雷家系的独立。母亲在和我们四兄弟认真商量之后，做出了一个重大的决定：既不能公开与新任大汗对抗，又必须谨慎地做出应对，以保证贵由偷袭拔都行动的失败。这就必须派出密使向拔都传递消息。而派谁去，则很可能决定这次秘密通报的成败。如果密使被汗廷截获，那么拖雷家系就会在报复心极强的贵由汗压迫下陷入万劫不复的境地。

最后实施的计划和行动是这样的——

在我的府邸中，有四个斡耳朵（宫帐）。察必、塔腊海、伯要兀真各据一个，还有一个是察必为我早逝的第一个妻子帖木古伦保留的。因为察必的贤惠，这几个斡耳朵的女主人之间一直保持着和谐的关系。

但在那段时间，外界传出了忽必烈的三个妻子之间，特别是在长妻察必和最后来的妻子伯要兀真之间发生了严重的冲突。起因是年轻、任性、妖娆的伯要兀真感到忽必烈专宠察必，因为塔腊海是贵由家族的女人，也不敢过分冷落；但是她这位来自遥远的钦察封地的西域女子，则明显地被冷落了。尤其是在同为西域女人的法蒂玛被处死之后，忽必烈就再也没有到伯要兀真的斡耳朵中去过夜。于是性欲和性格同样强烈的伯要兀真闹出了事来，认为自己和忽必烈已死的妻子一样无人问津，干脆搬进了帖木古伦的那个斡耳朵，从而和掌管着四个斡耳朵的长妻察必发生了严重冲突，甚至动起了手。而忽必烈的态度则完全向着察必，责罚了伯要兀真。于是伯要兀真负气出走，要回到钦察汗国她的娘家去。等忽必烈和察必等发现时，她已经骑着快马私下出走三天了。这下婆母唆鲁禾帖尼急了，连忙派出忽必烈的异母庶弟么哥带人前去追回。命令即便追不回，也要一路保护伯要兀真的安全。

在外人看来，伯要兀真的负气出走只是一个家庭事件。即便在路上被汗廷的人马截获，也和任何军事行动扯不上关系。但是重要的信息却藏在伯要兀真随身戴着的那个香囊里。当年她从拔都处远嫁过来之时，那里面装着一封只有蒙哥能看得懂的密信。而现在当她要回到拔都领地的娘家时，那个香囊里却装着一个早期蒙古人射猎用的骨制箭头。这是一个具有萨满教意义的护身符。只要拔都看到了它，就会对贵由汗西行围猎的真实目的一目了然。

事实上，正因为拖雷家用这种方法秘密地向拔都合罕发出了警告，使得贵由大汗的西征不仅出师无功，还在西征路上一命归天。这正应了刘侃为其母子所算之命：三五年间必遭无妄之灾！

贵由大汗之死，和我父亲拖雷之死一样，都有几种不同的说法。一说是暴病而死，一说是暴饮而死。而最真实的一种说法却不见于史书的记载，那就是：当拔都合罕知道了贵由汗西行的真实目的之后，派他最信任的大将昔班前往迎接。在迎接的宴会上，昔班故意告诉贵由汗，拔都汗的军队早已严阵以待，并语含讥讽地当众揭穿了贵由汗此行的目的。贵由汗勃然大怒，拔出切肉的刀子就向昔班刺去，而昔班也眼疾手快，手中的尖刀也同时向贵由飞出，在众宿卫还来不及做出反应之时，大汗和大将同时倒在了血泊之中。当然，新任大汗这样的暴死无疑是一件丑闻，将极大地损害大蒙古国的威望。所以，真相被严密地封锁了起来，使得贵由大汗的死因扑朔迷离。

贵由之死，使得在广袤的漠北草原上，大蒙古国新一轮的汗位角逐又要开始了。汗廷中的众臣们聚集在海迷失皇后身边，盼着这位大汗遗孀能以乃马真皇后为前车之鉴，不以个人和家族利益为重，而做出对国家最有利的权力安排。但这位贵由汗的遗孀继承了乃马真皇后的权力欲，掌握和使用权力的能力却远逊于她那位已经死去的婆婆，只靠着身边几个萨满巫师独霸汗廷大权，就又开始了新一轮的皇后临朝称制。

乃马真摄政、贵由任大汗和其后海迷失皇后称制的这十年间，是我们拖雷家系处在权力斗争旋涡之外休养生息积蓄力量的十年；也是我忽必烈向一大批汉人老师倾心学习各种知识的时期。在这段时间里，姚枢向我首陈"二帝三王之道""治国平天下之大经八目""救世之弊三十条"。他的道德学问使我深为折服，动必召问。窦默老师则为我讲授三纲五常之道，正心诚意之说。我特别任命他为长子真金的授业老师，希望我的爱子真金从小就受到最好的教育，以便将来继承我的事业。

这是我人生的积蓄期！是为"大有为于天下"而做的

准备。

与我们拖雷领地的安静不同，由贵由家掌控着的汗廷却显得既动且乱！海迷失皇后临朝称制刚刚开始，就遇到了她和贵由所生的两个儿子忽察与脑忽的反对和挑战。他们公然对抗母亲的摄政，分别建立了自己的汗府和汗廷，致使汗都和林一时间出现了汗权三足鼎立的局面。纷乱中人心惶惶，政出多门更使群臣不知该听谁的好。

而在我的府邸中，几位汉人老师在给我讲述三国故事，以史喻今地表明，三分天下终非长久，必有众望所归的强者出现来一统天下。

我问这个强人会是谁？

姚枢说："贵由大汗死后，拔都合罕的威望迅速提升。他不仅被公认为是第三代宗王中的老大哥，其统帅天才也被众所传颂，绝对无愧于大蒙古国第一男子汉之英名，无论是海迷失皇后还是贵由的两个儿子忽察和脑忽，都无法望其项背。"

我点头道："是啊，面对汗廷现在的乱局，拔都合罕已经决定在他的休养地阿拉豁里马草原召开一次忽里台以商议汗国未来，邀请函已经发出了。听说窝阔台和察合台家系的有些宗王拒绝前去参加。"

窦默问："那么拖雷家的态度呢？"

我说："在成吉思汗四个儿子的家系中，术赤家系和我们拖雷家系已结成了最可靠的同盟，我们当然要前去支持拔都。母亲已经命我们兄弟四人准备起程前行了。"

窦默又问："拖雷家族兄弟四人全部赴会，你认为唆鲁禾帖尼王妃的意图是什么？"

"当然是支持拔都合罕成为全蒙古的大汗。刚才姚枢老师已经说了，当今蒙古没有第二个人可以与他的声望相比，他就应该是结束三汗乱局的那个强人。"

窦默笑着摇摇头："拔都固然是结束现在三汗乱局的那个强人，但我认为他未必会自己来当大汗。如果他自己推举自己来当大汗，那么他召开的这个忽里台的权威性将受到长久的质疑。"

姚枢点头赞同："我也作如是观。在这一次忽里台大会上，汗位必将从成吉思汗的三子窝阔台家系转移出来，但也不会转移到长子术赤家系。成吉思汗虽然很看重长子术赤，但是术赤的血缘疑问在黄金家族中却始终是一个问题，所以当年成吉思汗才遗诏由幼子拖雷监国，而把汗位传给了三子窝阔台。用我们汉人的话说，风水轮流转，皇帝也不会由一姓而传之万世。这一次，我看汗位确实是要转移了。"

我问："莫非转移到察合台家系？"

窦默看着我："为什么不会是拖雷家系呢？"

我大为惊讶："汗位转移到我们拖雷家系？莫非长兄蒙哥要成为结束蒙古国乱局的那个强人？"

姚、窦二人都指着刘侃道："子聪法师，你善观天象并能测人之命运，何不向亲王透露一二？"

刘侃神秘地笑道："子聪确实观了天象，并以周易之法推之，对于未来蒙古国之命运，甚至对于我们这些汉人所生之地的将来之命运，已经略知了一个大概。但天机有一有二，这其一嘛，你们二位大儒已经猜得八九不离十了，不久就会看到结果。但这其二，目前则天机密不可泄！诸位须静观数年，方可

44

得之!"

说完,他意味深长地看着众人和我。


鸡儿年(1249),拔都以黄金家族长支长兄的地位邀请宗王贵族们到他的钦察休养地参加忽里台大会。拔都作为成吉思汗第三代继承人中的最长者,对新汗的选举产生了关键性的影响。因为窝阔台和察合台系诸王中许多没来参加,会上拔都力推拖雷的长子蒙哥为汗。海迷失皇后的代表提出异议,认为根据窝阔台大汗旨意,应推其孙失烈门为继承人。关键时刻,根据老师们给我准备的腹案,我站出来给予了有力反驳:

"太宗有命,固不应违反。然而前面乃马真皇后立贵由为汗已经违逆了窝阔台大汗的意愿!现在贵由汗死了,又想起要立失烈门,失烈门资历浅,威望薄,怎能担起大汗之责?"

我的这一理由使海迷失皇后的代表无言以对,于是会上通过拔都立蒙哥为汗的提议,汗位的归属基本有了决定。但会后窝阔台和察合台两系许多宗王提出反对的新理由:不是在成吉思汗的根本地召开的忽里台决议不能生效。于是这次忽里台只能作为选汗的预备会,并决定另开忽里台大会予以正式决定。

两年后的猪儿年(1251)六月,忽里台大会终于在斡难河畔蒙古人的中心之地曲雕阿兰召开。自然,我忽必烈、三弟旭烈兀和幼弟阿里不哥在推举并保证长兄蒙哥登上汗位的过程中起了重要作用。在会上,窝阔台庶子合丹、灭里不愿与蒙哥为敌,顺水推舟前来祝贺。察合台孙子合剌兀为从其叔也速蒙哥手中夺回封地统治权,也投靠并支持了蒙哥。窝阔台大汗的儿子阔端因为与我们拖雷家系的良好关系,其父子都拥护蒙哥为大汗。从这件事上，可以看出母亲唆鲁禾帖尼当年因赠送骑兵而与阔端结成的良好关系起了很大的作用。这使得拖雷家系继承汗位，除海迷失皇后那一派人反对之外，在成吉思汗的四个儿子的家系中，每一系中都获得了有力的支持。

就在蒙哥登上汗位的忽里台大会期间，贵由的儿子忽察和脑忽、窝阔台的孙子失烈门等叛乱事泄。许多宗王被杀或流放，但我救下了失烈门，把他发往汉地从征。失烈门这个名字，本是我母亲所信奉的西方基督教故事中一个圣者的名字，他的名字叫所罗门。我之所以出面救他，就是因为儿时母亲给我讲过所罗门的故事。所罗门是西方的智者，或许就相当于汉人历史上智慧的周文王。

长兄蒙哥成为第四任蒙古大汗这件事，使我再次感受到了老子所说"福兮祸所伏，祸兮福所倚"的道理。有时候，福和祸会在同一时间挤进同一座蒙古包的毡门。为我们四兄弟耗尽心血的母亲已经病了数月，当长兄蒙哥向最高的汗位越走越近时，母亲的病竟越来越重。她不要别人照顾，一直由她最信任最亲爱的儿媳察必日夜陪护在寝帐里。察必清楚地记得，当蒙哥汗位终于确定的消息传来时，母亲长舒了一口气，加速向人生的终点走去。

临终时母亲的手按在那一本《蒙古秘史》上，她痴痴地大睁着眼睛，察必说，那是母亲在弥留之际看到了她一生的缩影：

战马奔驰，干戈交锋，杀声四起，血流遍地。

有星的天，旋转着，众百姓反了，不进自己的毡

包，互相抢劫财物；有草皮的地，翻转着，全部百姓反了，不卧自己的被儿里，互相攻打！（摘自《蒙古秘史》）

强大的克烈部被击溃了，首领王罕战败被杀，其弟札木敢只能献上三个女儿请降。成吉思汗将大女儿留给自己，二女儿许配给了长子术赤，三女儿则嫁给了幼子拖雷。

那三女儿就是我的母亲唆鲁禾帖尼！她在惊惧中等待着噩运的降临，但是眼前忽然一亮，出现了一个高大的、英俊的、年轻的，更是善良的男人，那就是我的父亲拖雷。似是长生天的安排，母亲唆鲁禾帖尼从一个女俘变成了一个王妃。一夜甜蜜之后是一生的相亲相爱，孩子们一个接一个地出生、长大……但是忽然间，那可怕的噩耗传来，拖雷死了！接踵而来的是一个又一个令人心悸的残酷现实：长子被抢去当了人质，家系所属的军队被强行分给了他人，甚至逼着她嫁到别人家去做妻子，整个家系险些被吞灭！那是多么艰难的岁月……

忽然，母亲的目光亮了起来，她向前方伸出了手。察必立刻感应到了："他们回来了！"

我们四兄弟拥进寝帐跪伏在母亲面前，包括刚刚继位的大汗蒙哥。

母亲用目光爱抚着每个儿子。她用尽最后一丝力气为儿子们留下了遗嘱：

一、宁舍自己家族，也要齐心合力重振大蒙古国。

二、四兄弟秉性各异，但务求精诚团结，如果谁的手沾上兄弟之血，必遭天谴。无论何时，母亲的在天之灵会看着你们。

三、丧事从民风古俗，来自草原回归草原，死后即天葬于神示之地。

四、善待察必，她不仅代替你们兄弟整整侍奉了额吉几个月，而且也是家族的功臣。将额吉的头饰"顾姑"和罕妃盛装赐传于她……


遵照母亲的遗嘱，她的遗体由一辆牛车拉着缓缓地走向草原深处。如果在哪里颠簸落下，哪里就是神示的长眠之地。

忧伤而悠远的蒙古长调中，我们目送母亲远去。

在一个美丽的湖边，母亲的遗体悄然滑落在绿草和野花丛中。

# 六

母亲唆鲁禾帖尼就这样走了，圣洁的白鹿重归天际。

在母亲的葬礼之后，我将跟着汗兄，随他走进汗廷的权力核心。

察必捧着母亲的遗赐之物，悄悄地对我说："母亲走了，把你们四兄弟凝聚在一起的人没有了，不知未来是祸是福。"

在长兄蒙哥正式继承汗位的登基仪式上，我、旭烈兀和阿里不哥及其他宗王贵族披腰带于肩，向第四任大汗行跪拜礼。

蒙古国大汗之位，终于从窝阔台家系滑落，进入了我们拖雷家系。正当我们全家系的人都在以豪饮、高歌、狂舞庆祝时，我却从汉人老师们的目光中看到了和察必眼中同样的忧虑。

宴饮中，大多数人都醉了，只有姚枢、窦默、刘侃这几个汉人喝得极少，保持着清醒。

我端着大盏向他们敬酒："你们为什么不喝，我的长兄蒙哥当了大汗，从此我们拖雷家扬眉吐气了，你们不为此而高兴吗?"

姚枢的一句话，使我从半醉中清醒:"王妃在世时，你们四兄弟共同对抗外部威胁，情同手足!现在大汗之位到了拖雷家系，从此以后，兄弟就不再是兄弟，过去执坚持锐共同御外的手足，很可能就要执剑相对、持戈相向了!"

我大惊:"老师何出此言?"

姚枢道:"你所知道的历代帝王的家事，不都证明了这一点?在皇帝宝座面前，父子不再是父子，母子亦不再是母子，兄弟更不是兄弟，都成了争权夺利之敌!"

"可我们是蒙古人啊，我们的心像草原一样宽广，不会像汉人一样兄弟阋墙!"

"在权力面前亲者为仇，这不只是汉人的道理，而是普天下的道理。"姚枢说，"看看你们的《蒙古秘史》吧，当年术赤、察合台、窝阔台、拖雷四兄弟，同在父亲成吉思汗麾下横扫六合，是何等精诚团结。他们之间的裂隙从何而起?不就是起于成吉思汗准备将汗位传承之时?老二察合台不顾父尊母颜，当众向长兄术赤的血缘发难。成吉思汗无奈之下，才将汗位传于三子窝阔台，却又将国家的大部分军队交给你父拖雷掌管，命他监国。他看中的是窝阔台的仁厚，你父拖雷的忠诚。你父亲的忠诚，史书已明确地记下了。但窝阔台的仁厚，却在掌权后大打了折扣，所以你父拖雷的死因才成为一个千古之谜!"

刘侃道:"现在，汗位到了拖雷家中，福到了，祸也到了，此乃福祸同体啊，正如太极图中的阴阳相抱。"

"那我该怎么办呢?"

窦默道:"唯有如临深渊,如履薄冰,才能不跌入深渊,不落入冰水!"

汉人老师们的担忧是对的。正当他们提醒我祸福相倚时,就发生了"顾姑"事件,而触发这一危机的,竟是两位汉臣,一个是完全蒙古化了的悍将刘太平,另一个是四弟阿里不哥的心腹李檠。

刘太平和李檠向阿里不哥进言:蒙哥登基,按蒙古祖制,幼子守灶,阿里不哥的地位已是少汗,相当于当年的其父拖雷。再看两位长兄,旭烈兀志在战场,不久必带兵出征,对少汗不构成威胁。而忽必烈不长于战,却长于谋,身边又搜罗了一批汉人儒士。蒙哥大汗刚开始理政,忽必烈已进入汗廷论奏时务、出谋划策,而大汗对其上奏皆言听计从,赐允施行。这些奏言多是他手下那批汉儒幕僚们一手拟定的。若长此以往,大蒙古国岂不要被汉人左右?

那一天蒙哥汗面对着大幅的西征地图,正和旭烈兀商讨西征事宜。

旭烈兀豪迈地说:"成吉思汗的子孙应该是天生的征服者,开疆拓土是我的梦想,也是我的天职。无论大汗派我打向哪里,我都将用最辉煌的战功来证明拖雷家族无愧于大汗之位!"

蒙哥拍案道:"好,你有统帅之才,我就为你配足兵马。我决定于东西道诸千户中每十人抽二人,以充实军力,由你率领迅速突袭波斯,不断扩大战果……"

他们正讨论间,阿里不哥急匆匆闯入,问了一个突兀的问题："大汗，我们大蒙古国的施政，是否以唯遵祖制为要?"

"唯遵祖制? 我们是成吉思汗的子孙，自然要遵循圣祖的规矩，这没错啊!"大汗看着阿里不哥，不知他要说什么。

"那么，二哥忽必烈的府中养了大批汉人幕僚，今天说什么孔子，明天说什么老子，他给大汗出谋划策也都是汉人那一套东西，不知意欲何为?"

旭烈兀心有不满地看着他："四弟，这么说你是来告二哥的状来了?"

但是这一状没有告准，蒙哥大汗笑着说："大蒙古国之所以有今天这样的成就，就在于圣祖成吉思汗用人唯贤，不管是辽人、金人、汉人，还是畏兀儿人或更远的西域人，都可为我所用。二弟他喜欢和汉人打交道，愿意了解汉人的那些故事，将来征伐南宋时正可用得着。你就不必太多虑太计较了。"

旭烈兀讽刺了阿里不哥一句："你手下不是也有两个汉臣吗，为什么只拿二哥的汉臣说事?"

阿里不哥叫道："那可不一样! 我手下的刘太平和李檗，他们都已经归化成蒙古人了。可看二哥那样子，好像是要归化成汉人似的!"

阿里不哥见首状没告成，又以"顾姑"之事为由，告了我第二状："大汗，二哥他愿意和那些汉人混在一起，我可以不计较。但是另一件事，作为拖雷家的守灶者我却不能不计较。"

"什么事你要计较?"蒙哥汗问。

"就是母亲留下的重要物件，按照祖宗的规矩，是应该交给我来保管的吧?"

蒙哥看着他："你是说，你想要母亲留下的那套顾姑和盛装？"

旭烈兀看不下去了："四弟啊，从小你就仗着母亲的宠爱老是欺负二哥，就算二哥脾气好，你也不能得寸进尺吧？额吉临终遗言，我们都在场。因为额吉去世前全是由嫂子察必照顾的，她才把那东西送给察必留作纪念。那不就是女人头上的摆设吗？额吉爱给谁就给谁。你为什么非要抢了去，不怕伤兄弟间的和气吗？"

阿里不哥涨红了脸："旭烈兀，你就是一匹吃了醉马草的马，除了打仗别的什么也不懂。母亲已经被追谥为皇后了，那顾姑和盛装就是汗权的象征了，怎么还能是女人头上的摆设呢？他忽必烈和察必就不应该再继续保留了，再保留不就是僭越吗？"

旭烈兀火了："好，你说我只会打仗，那我就去打仗！我才不愿意看着你以幼子守灶之名骄横跋扈，小肚鸡肠地在兄弟之间窝里斗！我就要出征了，要像拔都那样为自己打出一片天地！"说着，他转身走了出去。

蒙哥看着阿里不哥微微摇头："四弟呀，额吉顾姑和盛装的事，你就不要闹了吧，硬要了去，岂不让察必伤心？"

"好，额吉的顾姑我不要了！可是，据我所知，二哥和察必还私藏了一套乃马真的顾姑，乃马真和海迷失那一家现在是我们拖雷家的敌人了，他们把敌人家的顾姑私藏在家中，是什么意思呢？"

阿里不哥最后这一说使蒙哥大汗的心头蒙上了阴影。

汗兄对我产生了怀疑。但又怕万一冤枉了二弟难以面对母亲的在天之灵。这时他的重臣忙哥撒尔出主意道:"大汗当然不能手沾兄弟之血,但可代杀一人以警示之!"

那天我应召进入大汗的御书房,只见蒙哥汗正表情严肃地在批奏章,而以严酷闻名的右相忙哥撒尔却正在审问一个犯人。再看那地上跪着的被审者更令我吃惊,竟是耶律楚材之子,大汗的必阇赤(书记官)耶律铸。

我顿感情况严重,立刻摘冠解带搭于肩上,要行君臣大礼。蒙哥汗却挥了挥手:"大礼就免了吧,二弟,你就坐在为兄身边,且看我如何还你一个清白!"

我话在口中,却无法说出:"还我清白?难道我有什么不清白吗?"

但见忙哥撒尔已经单刀直入地开始了审讯:"耶律铸,你可知罪?"

耶律铸看看大汗,看看忙哥撒尔,又看看我,满心惶惑:"微臣不知。"

"乃马真后监国三年,明明为赐婚饰帽一顶,你竟胆敢记为:监国赐其皇后顾姑一顶,特冠'皇后'一词,意欲何为啊?"

耶律铸俯首回答:"乃马真后监国三年,微臣尚未接任必阇赤,他人作何记述,恕微臣不知。"

忙哥撒尔继续进逼:"乃马真朝的事不是你记录的,当朝的事是你所记吧?你竟敢把圣母皇太后赏赐之顾姑改称为遗赐!赏者用也,遗者传也。你此种记录,引发猜忌,将一普通家事弄成国祚纷争,用心险恶!"

审到这里,耶律铸百口莫辩,而我心头在滴血。

蒙哥及时地发话了："好啦好啦，只要我二弟是清白的就好！这个罪过在耶律铸，并非忽必烈想借此顾姑排除阿里不哥的守灶之位。忙哥撒尔你是主审官，看此人此事该如何处置啊？"

忙哥撒尔厉声道："按大扎撒，杀无赦！"

面对着眼神无辜的耶律铸，我不能不出手相救了。从蒙哥汗身边走下来，跪到耶律铸身边："臣弟深知大汗用心良苦，并感谢汗兄网开一面不杀之恩！"

汗兄似感意外："二弟，你这说到哪里去了？我刚才不是说了，此罪不在你吗？"

我说："启禀大汗，耶律铸既非宗亲贵族，又非皇家子弟，仅为汗廷之文笔吏，为此事杀他，恐难服天下之众。而耶律一家，对我国我家大有贡献，如果一定要治死罪，臣弟愿以此头代替耶律铸！"说到这里，不禁潸然泪下。

蒙哥大汗适时出手了，他亲自上前抚肩劝慰："不就是两顶顾姑吗，二弟何须如此？忙哥撒尔是三朝老臣啦，他自幼看着吾等兄弟长大，难免为吾家之事操之过急。这样吧，我赦耶律铸不死，二弟请起吧！"

忙哥撒尔似被感动了："手足情深，大汗真圣明天子！"

这一危机终于过去了，此后耶律铸仍然担任大汗的必阇赤。

接下来是蒙哥大汗对三个兄弟的分封和委任。正好拔都合罕因为西征战线太长兵力不足，派使请求大汗出兵帮助。刚烈简单的旭烈兀已经感到了汗廷中兄弟争权的危险，主动要求带兵西征，得到应允。

接着蒙哥汗提议对我和阿里不哥的封地和职责进行讨论。他首先提出了他的想法，让忽必烈留在漠北，封为漠北军国总庶事，在汗廷协助大汗处理国家大事；封阿里不哥以漠南之地，让其执掌漠南军政大权。

这一提议让阿里不哥思考拥有漠南之地对自己是否有利，使我感到意外，也使得我的汉人谋士们大为惊讶。我的志向是向漠南汉地发展。如果我留在大汗身边，这些汉人儒士将很难发挥作用，这将使他们的事业大受挫折。但在这样的场合，他们又不便出面说话。

这时候刚刚被我救下的耶律铸冒险出面了，他斗胆向大汗奏道："分封之事，关系重大。看起来忽必烈和阿里不哥二位王爷都感到突然，未有心理准备，是否先不做定论，待二位王爷三思后再与大汗商量行事为妥？"

蒙哥汗接受了这个建议，表示请二弟、四弟认真思考后下次再定。

当晚，儒士谋臣们都集中到我的帐中议事。大家一致认为封在漠北、留在大汗身边绝非好结果，应该力求封在漠南。漠北虽广，但蒙古大军从北横扫向西，大局基本已定。漠南汉地虽不如漠北广阔，但那里是天下财富和文化的中心。决定大蒙古国未来走向的，不是漠北草原，而是漠南汉地。只有得之，才能一展宏图大志。

我当然赞同幕僚们的意见，但心有难处。从耶律铸无端获罪一事，已看出汗廷凶险。而大汗的意思是将漠南封给阿里不哥，如果主动要求调换，很可能遭到汗兄怀疑，用汉人的话就是，偷鸡不成反蚀一把米。

刘侃力谏道："漠北留不得，漠南必须去。但此种改变，可以让宗王隐在后面，让阿里不哥主动出面向大汗要求调换。"大家都点头称是。

我问："你们怎么知道阿里不哥情愿拿漠南换漠北呢?"

姚枢道："这就要看亲王领着我们前去贺喜是否成功了。大家必要舌灿莲花，说得阿里不哥自愿要求留在漠北。"

第二天，我带着我的这群幕僚前往阿里不哥的王府贺喜，恭贺少汗取得了漠南之地。这使得阿里不哥心生疑惑，执意要听听他们贺喜的理由。于是刘侃等人指东打西，说是因为漠南叫作中国的那块汉人之地从来就不太平，自古起义频发，许多王朝更迭，君王暴死。治理汉地，非一般人所能胜任，大汗要少汗去执掌汉地，想必是看中了少汗的雄才大略。

我也说，这些汉人学者给我讲过不少汉人与汉地的故事，故事虽然好听，但每个故事中都藏着凶险，许多凶险是单纯剽悍的蒙古人闻所未闻的。这次大汗给三兄弟分担重任，可谓得其所哉。旭烈兀善于打仗，便让他领兵西征。四弟雄才大略，被派去总领漠南，汉地虽然麻烦多多，相信在四弟的劳心费力之下必有所治。而我自己留在漠北则是捡了一个大便宜，可以省心省力，以喝酒打猎为乐，只要给大汗当好参谋就行了。只是这样的分封委屈了四弟，因为按蒙古祖制，幼子为守灶之主。而大汗封四弟去漠南，留我于漠北，只怕是夺了四弟灶主的权力和地盘，心中有所忐忑。

其实真正心中忐忑的是阿里不哥。他本来以为漠南汉地物产丰富，是个聚宝盆。听我们前来如此祝贺之后，反倒觉得那是一个陷阱了。再和刘太平和李槃一商量，他们也觉得漠南汉

57

地虽然财富胜于漠北，但风险也远胜于漠北。再说，一旦远赴漠南，就失去了幼子守灶的身份。将来一旦大汗离去，必对继承汗位不利。而让忽必烈留在漠北汗廷，则真的是捡了一个大便宜。于是阿里不哥打定了主意，坚留漠北，不去漠南。

当兄弟三人于廷前再一次商讨此事时，阿里不哥率先表态："汉地难弄，汉事难搞，汉人们一个个都是花花肠子，我才不愿去当那个什么漠南军国总庶事的鸟官，宁愿留在漠北辅佐大汗。而二哥喜欢听汉地汉人的故事，身边又养了那么多汉人幕僚，他对汉地事务远比我懂，何不派他去总领漠南之事？"

而我却欲言又止，面有难色。

蒙哥先是训斥了阿里不哥没有规矩。他思考再三对我道："四弟虽然恃幼娇宠，但其所说也不是没有道理。他是我们拖雷这一辈的幼子，你作为兄长，就让着他吧，他留在漠北，我也好多加管教。就委屈你去把漠南的汉人汉地都管起来，这个官职名就叫作漠南汉地军国庶事。你对汉人的事懂得多，就算是为大哥多分担一些忧劳吧。"

事到如此，才算真正的各得其所。不久，蒙哥汗降诏："凡军民在赤老温山南者，悉听汗弟忽必烈统辖领治。"这是我总领漠南最初的管辖范围和权限所在。

当晚，我在府邸中摆下酒宴，庆祝这一次漠南与漠北封地的调换成功。但在觥筹交错之间，我看见姚枢老师依然沉默寡言，心事重重。

宴会结束后，我上前询问："席间诸人皆贺，你独默然，不知又在忧虑什么？"

姚枢说："我怕有人会后悔啊！"

"是阿里不哥会后悔吗？"

姚枢答道："他后悔不要紧，但大汗若后悔就麻烦了！今天下土地之广，人民之殷，财赋之阜，有加乎汉地者乎？军民吾尽有之，天子何为？异时廷臣间之，必悔见夺。不若唯手掌兵权，不及其他。其实，手中只要有了兵权，即可供有所需，取之有司，则势顺理安，可使大汗放心。"

姚枢老师的话使我恍然大悟，深知虑所未及。于是立即以此意见上奏，并获得了大汗的批准。请削权柄，唯掌军事，使我与刚毅沉雄的长兄大汗的冲突未能过早地发生，以部分权力之失换取了人身安全的政治前途之得，给我在总领漠南期间干一番事业带来了宝贵的机会。

这一年冬天，我带着我的人马和察必，跨过赤老温山向漠南进发了。


冬天的行旅，一路萧瑟。

不见了草原和牛羊，不见了熟悉的蒙古包，眼前是另一片天地：

凄苦的村庄，残垣和断壁，路边流动的饥民，散落的白骨，还有那在隆冬的寒风中裸露着的荒芜土地……人异、语异、风俗异、饮食异，处处与想象中的情景大异。

察必不由得喃喃自语："难道这就是中原历代明君留下的盛世吗？"

王鹗策马前行答曰："孔孟之道兴，则盛世兴；孔孟之道失，则盛世失矣！遥想当年，这一带沃野千里，人丁兴旺，春种秋收，庶民尚可安居乐业。然而如今战火连绵，征而不治，人皆流离，村皆荒废。虽有耶律楚材以汉法治汉地之策，施行者不过十之二三。加之收税官敲骨吸髓，食邑者横征暴敛，杀鸡取卵，竭泽而渔，了无仁政，何来盛世啊！"

我听着，表情沉重，越走越沉默了。忽然抬起头来对察必说："老师们劝我要漠南之地，固然是一片好心。但是你看漠南这番情景，或许真应该留在漠北啊！"

王鹗闻之心惊，忙道："王爷，这一路确实满目疮痍，民生凋敝，但漠南之地不会全然是这种样子的。"

察必道："这些天王爷行路辛苦，足疾又犯了，自然情绪低落。你要体谅王爷的心情！"

王鹗道："王爷请再坚持一下，子聪师傅不是已带领人打前站去了吗？想必今晚会找到一个比较舒适的宿营之地。我这就赶到前面去看看。"他说着打马而去。

我看着他驰去的背影，说了一声："但愿如此。"

傍晚，终于到了宿营地。不但景色大为改观，而且刘侃早已在幽燕之北一片叫作"金莲川"的地方，筑起了一处毡包连营的驻屯之所。我在高处看去，心情顿时就开朗了起来，笑着对察必说："向南走了这么多天，今晚第一次有了回家的感觉！"

我在刘侃为我准备的临时驻屯之地住了下来，养一养伤痛的脚，休息一下疲惫的心。我要在这里想一想，是按着我汉人老师们的愿望继续向南前行，还是另寻一个驻跸之地。

晚上，正当刘侃等设宴为我接风时，忽报霸突鲁将军来访。

霸突鲁的到来使我和察必都大为高兴，他的妻子是察必的长姐。霸突鲁还带来了他的小侄儿安童，我的长子真金看到有了年龄相仿的玩伴，更为高兴，两个孩子立刻就玩到了一起。这个安童，不仅从此和我的儿子真金成了最好的玩伴，后来还成为了我的宿卫军统领和大元朝的丞相。

霸突鲁风尘仆仆地赶来见我，是因为关心着漠南汉地之事。他的祖父木华黎是我祖父成吉思汗最信任的大将，当年就派他经略漠南，封为中原国主。

在我和霸突鲁把酒言欢之时，王鹗小声向刘侃讲了他的担忧："一路上王爷心情不佳，对前来漠南似有悔意。虽然来到此处，但行囊并未全解，廉希宪也在担忧，不知王爷能否在此处安定得下来。"

刘侃问近侍赵壁道："这位霸突鲁系何方神圣？"

赵壁回答："乃中原国主木华黎之孙。"

刘侃闻之放心了："你们安心喝酒吧，我会告诉廉希宪尽解行囊安卧之！"

至此，金莲川成了我的发祥之地。

受命总领漠南。开幕府于金莲川。这一个猪儿年（1251）是我人生重大的转折点。

第二年是鼠儿年（1252），三弟旭烈兀西征的捷报不断传往汗廷，无数的波斯金币、银瓶、地毯和美女被送往和林，蒙古草原上回荡着波斯俘虏充满异域风情的悲歌，整个漠北汗廷处于极大的亢奋之中。我想，新一轮的战争就要开始了——

在蒙哥汗御书房的墙壁上，张挂着一幅极大的羊皮地图，他时常站在图前久久凝视。地图上有数个黑色箭头指向南方，那就是大汗日思夜想最欲征服的目的地——南家思（南宋）！

# 七

　　我知道，在旭烈兀西征大捷的刺激下，蒙哥大汗要把他的马鞭指向在漠南之南的南家思了！那里的财富居天下之首，那里的珍宝集天下之大成，那里的都城被称为天堂，那里的能工巧匠举世无双，那里的美女倾国倾城，那里的繁华是我们蒙古人难以想象的。但是，蒙哥大汗想必也知道，南家思是难以一口吞下的。辽代的契丹人，金代的女真人，历经二百年战争都没有做到，就连窝阔台大汗的皇太子阔出也是因为征伐南家思而死。如果长兄蒙哥能在汗位上拿下南家思，其功绩即使不能超越圣祖，起码也将不逊于祖先了。在他发动大战之前，首先应诏觐见的就是圣祖钦命的中原国主木华黎之孙、世袭汉地的霸突鲁。

　　蒙哥面对大幅地图，对霸突鲁道出他的宏伟计划：同时开辟几条战线，从西部发起进攻将对南宋造成致命威胁，但是在那里的大理国构成了一个障碍，蒙古人首先要平定这一地区，然后以它为基地，对南宋发起进攻。

"南家思东面临海，北有强敌，只要西南两面层层剥皮，即可形成瓮中捉鳖之势。然后我亲率三军一举拿下，此盖世功绩必将永垂青史！"

霸突鲁奏道："……依愚将所见，取吐蕃、占大理等固然为奇谋上策，但仍应以经略中原为重中之重！须知中原汉地与南家思隔长江对峙，最终必将成为大汗跨江取其江山之主要方向，而若我方再出现邢州等地之空室遍野，汴梁一带荒芜千里等情形，势必民心涣散后顾有忧！而我方之军需粮草、弓矢刀矛、鞍辔战船及汉世侯所组成之军队，均来自汉人汉地，如不及时经略，到时必将悔之晚矣。前述邢州空室、汴梁荒芜，乃两后乱政时期造成，以大汉之英明必不会重蹈覆辙。愚将献策，欲取南家思必先定中原！而定中原之上策，乃必行汉地汉法！大汗派忽必烈总领漠南汉地事务，是用得其人，人得其所。"

此时大汗重臣阿蓝答儿竟然起而发难："蒙古人治国当不蹈他国所为，忽必烈的那一套汉法已受朝中大臣侧目，你这是在为忽必烈做说客吗？"

阿蓝答儿的发难，引发了争论，在激辩中，蒙哥听从了霸突鲁的意见。而阿蓝答儿受到了训斥。但以"汉法治汉地"和"不蹈他国所为"两种治国方略造成的冲突，成了蒙哥汗心中不时要加以权衡的一架天平，由此也种下了日后蒙哥汗对我猜忌日重，终于派阿蓝答儿钩考迫害之因。但此时出征在即，大汗顾不得其他。

蒙哥汗诏命窝阔台之子阔端三月出发，进军吐蕃为远征大军开路。

继而诏命我统领大军，六月出发，远征南诏，彻底征服大理国。此战不仅是圣祖以来向最南端的征伐，而且是迂回包抄南家思的关键之战。天高路远，危崖险道，江河阻隔，遍地瘴疠，令人闻之色变。

姚枢老师说得对，长兄当了大汗就不再是长兄了。而被汗廷众臣恭为少汗的阿里不哥，也在大汗面前对我阴阳怪气言语相讥。当年亲密无间的兄弟之情，已被权力重重离间。大汗的心思天机难测，刚刚放手让我文治漠南，转眼间又命我武取大理。如此首尾难顾，莫非要让我两端失据，尽显无能于天下？但是，我毕竟是成吉思汗的嫡孙，听到出征的命令，依然热血沸腾，壮怀激烈。我相信，面对即将到来的战争，我会是一匹战马，而不是一只绵羊！

后来我才知道，当我在蒙哥大汗的地图前受命远征的同时，在金莲川，我的数位阅历深远的幕僚大儒，纷纷来到王帐，向察必进言，给她分析形势，以定应对之策。姚枢提出：近闻汗廷兵马调动频繁，看来大战在即。依扎撒，外放宗王法定必受命担任专征要务。为今后计，必须由王妃代理大王经略漠南中原。而王妃若代大王经略漠南中原之要务，须请出真金小王子代行宗王之责！王不在位，必须有人稳坐在此王座之上，漠南汉地方能安稳。

在我受命远征之际，我所统辖的漠南汉地始终稳妥安泰，全赖汉儒们的既定政策和吾妻察必的贤明代理。从那时起，小王真金之名也开始广为漠南汉地的人们所知晓。

我是夏六月在曲先脑儿觐见大汗时正式授钺专征的。或许是奖励我勇于担当重任，蒙哥汗让我再选择一块封地，或是汴梁，或是京兆。对此我问策于姚枢，姚枢说："汴梁的水利灌溉和土壤不如京兆，且京兆控制着关中地区，土地肥沃而人口较少。"于是我选择了京兆。

七月，远征大军从漠北祃牙祭旗出发。遵照蒙哥汗的旨意，全军军事由速不台之子兀良合台节制管领，由我负责居上统辖。我知道这是大汗的统御之术，必须遵从，而且必须与大汗所派之大将处之安然。但是此次远征和蒙古铁骑的历次征战都完全不同，离开了我们熟悉的草原和戈壁，不但要深入汉地，还要经过蒙古人完全不熟悉的吐蕃之地，军如何行，兵如何驻，仗如何打，时时都需要有人参谋，为此我几乎带上了我所有的汉人幕僚，只留下窦默辅佐真金。

冬十二月，大军渡过黄河。翌年春，经过西夏腹地盐、夏二州。夏四月，出萧关，驻军六盘山。

驻军六盘山时，发生了一小一大两件事。

小事是京兆人贺贲修建房屋时从毁坏的墙垣中发现白金七千五百两，遂以"殿下新封秦，金出秦地，以天以授天下"为由，持金五千两献给我以助军。我当场给了他奖赏。不想几天以后，有一年轻壮汉擅闯王帐被宿卫擒获。审问他时，竟说他是前几天献银的贺贲之子，来为其父鸣冤叫屈。我问后方知，原来某军帅怨贺贲不先禀白而直接献银，竟将贺贲逮捕下狱。我查明为实情后勃然大怒，下令逮捕该名军帅问罪，同时让宿卫们解开紧缚贺贲之子的绳索，岂知不等宿卫们动手解索，此青年壮汉运气发力，绳索尽为绷断。我不禁呼为壮士，令宿卫赐其马奶酒。这壮汉伏身于地，说有一事相求。我问所求何事？他说父冤已白，男子汉志在四方，为报宗王救父之恩，愿在我营中做一名军士。我看他身高力大，乃忠勇之人，破格收他为帐前卫士。此人姓贺名鼎。此后曾数次救我于危难之中。

（三十年后，当我晚年，把贺鼎召至御榻前，让人拿出五千两白银，对他道："此汝父六盘山所献者，闻汝母来，可持以归养。"贺鼎坚辞不受，但我不许。此是后话了。）

一件大事是我与藏地高僧八思巴的相识和结缘。正如汉人的那句话"不打不相识"，我与八思巴的毕生之缘，竟是从初次相会不欢而散开始——

八思巴是应我之召从凉州赶到六盘山来觐见的。我们叙了阔端与八思巴叔侄的缘分。因用兵心切，我要求八思巴以吐蕃代表的身份到藏地摊派兵差、征集财物。没想到八思巴强调："吐蕃是偏远之地，地狭民贫，又遭灾年，请宗王不要摊派兵差。"竟明确拒绝了我的要求。我不肯妥协，说八思巴的藏地宗教首领地位既然是大蒙古国的阔端亲王所封，以藏地之力协助蒙古大军是天经地义的！八思巴也不肯让步，当场表示："如此，吐蕃僧人实无必要在此住坐，请放回家乡！"我极为不悦道："那么可以前去。"

八思巴回寺之后，我为如何处理此事大为烦恼。有粗鲁的蒙古将军提议杀掉他。刘侃断然否定："此乃得道高僧，万万不可言杀！"我说："我也看出此八思巴非一般之人，吾妻察必信佛，我对佛教亦有好感，当然不会动杀机。只是我大军到此，必须经藏地，而若过藏地，必得藏地首领支持。八思巴此种态度，该如何是好？"

正在左右为难之时，有人报告察必王妃来了。

刘侃拍掌大笑，说王妃驾到，此事必可"柳暗花明又一村"。

察必问明情况后，请我耐心在此多住几日，她要以佛教徒的虔诚之心去向高僧八思巴请教敬佛之道。

察必亲自出面斡旋，刘侃也以"子聪和尚"身份从旁协助，让八思巴了解了宗王的为政之"德"，也让我了解了八思巴之礼佛之"道"，于是我和八思巴，这一王一僧从一开始的不欢而散变得日渐投机，相见恨晚了。

八思巴见察必礼佛心诚，同意收纳王妃等人为俗家弟子，并同意继续留在六盘山说法论道。察必接受了八思巴的喜金刚灌顶，正式皈依了佛门。并将出嫁时父母陪嫁的一颗硕大珍珠献给了八思巴，此珠值白银千锭，后来成为八思巴归藏后修建萨迦大金顶的资金。

察必尊八思巴为上师，双方成为师徒关系之后，对我说八思巴道行高深，其学识功力远远超过萨满教和吐蕃其他佛教各派，建议我也接受喜金刚法戒，和八思巴成为"施主与福田"、上师和弟子的关系，这样既为大蒙古国稳定了藏地人心，八思巴又必然会尽其所能协助我通过吐蕃地区。我问了受戒的规矩，认为此种规矩将教权置于王权之上，是不能接受的。我虽然敬重佛教和这位上师，但我们是蒙古汗王，怎能受他的法旨誓约约束，又怎能在大庭广众之下向别人下拜呢？

察必将我的意思转告了八思巴，并提出了一个折中的办法：佛教界的事归法师管，世俗的事归合罕管。在内堂听法时，上师可坐上座。当王子、驸马、官员、臣民聚会时，则由宗王坐上座。凡吐蕃之事，悉听上师之教，不请教于上师不下诏命。其余大小事务因上师心慈，如误为他人求情，恐不能镇国，故上师不要讲论及请求。

双方接受了这个折中的方案。八思巴在军中也为我举行了密宗喜金刚灌顶仪式，从此确立了处理王权与教权的基本原则。借道吐蕃进军之事自然也就水到渠成了。

在六盘山军中我接受八思巴之灌顶受戒，这是蒙古人和藏地的一件大事，也是后来大元帝国奉西藏佛教为国教、设立帝师制度的开端。

同时，蒙古宗王成为藏传佛教的施主，而藏地也从此正式纳入了大蒙古国，也是后来中华帝国的版图。

# 八

　　远征大理，对于所向披靡的蒙古大军来说，南诏国的兵马可以说不堪一击。但从六盘山前往大理，必须过雪山、草地，渡金沙江、大渡河，路途上的艰难险阻远胜于战场上的敌人。这样漫长的征途，或许只有数百年后另一支军队的长征堪与相比。

　　十一月，军抵金沙江畔，我命令部队制造羊皮筏子渡江，负责监造羊皮筏子的是年轻将军伯颜，这是我和伯颜的第一次合作。

　　伯颜指挥一部分将士用牛羊皮制成革囊，让另一部分将士砍伐竹子杉木做成筏子，率军在夜幕下渡过了金沙江。不少将士因驾驭不灵，被浊浪所吞食。看着江水中沉浮的尸体，我不禁潸然泪下。

　　再前面就是著名的大雪山了。因这座山难以通过，故南诏国并没有派人设防，而翻过此山便可进入丽江北胜府。我决定全军舍骑徒步，翻越雪山，造成奇兵突至之势。但是我的足疾又犯了，幸亏我在六盘山新收的宿卫士贺鼎力大无比，硬是背负着我翻过了雪山。当我们出现在北胜府时，当地守军以为神兵天降，蛮主高俊率部迎降。

当晚，我在北胜王府宴请降将及群臣。

席间姚枢讲了一个宋太祖进军南方的故事：宋太祖曾派大将潘美进攻后蜀，军队进展神速，很快就取得了军事胜利。但潘美的军队不守纪律，任意杀掠，引起当地百姓纷纷反抗，宋太祖又用了几个月时间才将四川地区稳定下来。后来，宋太祖派曹彬平定南唐，告诫曹彬不要仿效潘美。于是曹彬严格纪律，攻克南唐都城金陵，俘虏了南唐后主，但未尝妄杀一人，市不易肆。

绰号为廉孟子的廉希宪也说："孟子云，不嗜杀的人才能统一天下！"

第二天早晨，大军出发时，我跨上战马驰出一段，又策马奔回对姚枢等说："汝昨夕言曹彬不杀者，吾能为之！"

又对众人大声重复数遍："吾能为之！吾能为之！"

姚枢下马拜曰："圣人之心，仁明如此，生民之幸，国之福也！"

不久，大理国主段兴智弃城而逃。力主抵抗的权臣高祥被杀。城内百姓打开城门，我领军入城，却不见事先派出劝降的玉律术等三位使者的下落。

姚枢进城后，学习萧何收集大理国的典章图籍，竟发现了三位使者的尸体，其状甚惨。

我震怒之下热血冲项，下令屠城。

姚枢、刘侃、张文谦等一干大臣力阻之，言杀使者高祥，应偿命者亦高祥一党。城中百姓无辜，万望勿开杀戒！

姚枢谏曰："主公曾言能为曹彬不杀之事，今若曹彬在此，将一怒而屠满城百姓乎？"

我见旁边有一井，令贺鼎提上井水以头浸之。待冷静下来之后，即命姚枢等裂帛为旗，大书"止杀"二字，传示城中街头巷尾，于是大理城秩序井然。

虎儿年（1254），远征大理大功告成，为以后包抄南宋设下了一块坚实的跳板。对于原统治大理的段氏王朝，我并没有加以废黜，而是将国王段兴智带回和林朝见大汗之后，让其与大蒙古国任命的官员共同治理大理。

同在这一年，京兆封邑初治已大见成效，但宣抚使杨惟中却因年迈多病体力难支了。归途中得此消息，我一面派人护送杨惟中返回燕京养病，同时派绰号为廉孟子的廉希宪接替京兆宣抚使，派商挺为副使佐之。京兆地区民族众多，很难治理，廉希宪的任务是"抑强扶弱"。作为一名儒者，廉希宪首先请名士许衡负责学校事务，命令地方政府把儒士登记造册，以防止他们被虐待。他任命有文化的官员，促进农业发展，发行纸钞以促进商业贸易，征收税赋以满足今后国事之需要。

当凯旋之军再次跋涉出雪山草地，又可启用王帐王车时，我最重要的老师姚枢却病倒了，似有命将不保之兆。

王帐内灯火暗淡，姚枢断断续续，似留遗言：

"姚某于乱世能幸逢如此贤能之大王与王妃，不枉在人世走此一遭，实乃幸甚！人之将死，其言也善。微臣尚有三点欲提醒大王，不吐难尽人臣之责，姚枢死不瞑目。

"其一，大王应韬光晦略，继续经略中原。其实孔孟之道，即劝农桑，重温饱！只要在农桑上下足功夫，中原民心则尽归大王。假以时日，必成气候。

"其二，古之圣者贤王，皆有困厄之时。今后大王当处变不惊，遇事不慌，思大有为于天下绝不可轻言放弃！孔子曾问道于老子，老子不答仅张口示之。孔子见舌存牙却全无，当即悟：明白矣，软者存，硬者亡！此乃柔弱胜刚强之理。皇族之间也莫过于此，大王当以此渡过日后危难……

"其三，此次远征南天虽凯旋，但须知胜者未必王侯，败者亦未必是贼。依微臣所见，此次北返凶险居多！大王应主动释去兵权，交回圣上密旨，将战功尽归兀良合台老帅及大汗。先求自保，以待时日……在场同僚皆为难得之经邦治国之才，还盼大王成就大业后善待之……"

言毕，姚枢昏迷过去。众皆悲戚。凯旋途中，痛失重臣，实是不祥之兆。我已陷入惘然状态，抱着姚枢任王车滚滚向前。忽然间，猛听得有人在王帐之外用藏语高呼佛号，刘侃闻之大叫："阿弥陀佛，救星到了！"

原来是八思巴意外地出现了。我又惊又喜，问圣僧怎会到此？

八思巴曰："大王莫非忘了上次临别时我曾言：当大王凯旋而归，你我尚有缘相会于此！"

刘侃问："大喇嘛莫非为救难而来？"

八思巴一脸高深法相："请大王遣退王帐之所有人众，吾当为大王之首席谋臣诵经加持！"

八思巴一连三日不吃不喝为姚枢诵经作法，终于使得他起死回生。

当我诚心感谢时，八思巴神眉佛眼叹道："为报谢大王和王妃倾心向佛，吾将为解此难折寿一纪（十二年）矣！"

但是祸不单行，当大军行至六盘山时，从金莲川派来的使者又带来一个坏消息，在漠南代替我行使王权的王子真金忽然得了一种怪病，昏迷不醒。从燕京汴梁各地延请的名医均束手无策，无力回天。察必王妃也万念俱灰，只能搂着爱子以泪洗面，日夜枯坐。

良师方愈，爱子又危。得此消息，我五内俱焚。此时又是八思巴挺身救难。他一脸庄严法相，合掌闭目道："佛已听到大王呼救，特命八思巴前往相助解危救困！"

我因姚枢起死回生之奇迹对此充满希望，急问佛祖有何谕示？

八思巴答道："若保小王无虞，八思巴又当减寿一纪！"

我双手合十："忽必烈当倾心、倾命以报大师！"

八思巴笑曰："无须报我，只需报佛！"

我当即对曰："吾当礼佛、信佛，终身侍佛！"

八思巴道："事急，请大王派一队快骑日夜兼程送我去金莲川！"

我和众臣目送八思巴上马绝尘而去。

我从此专崇藏传佛教，而八思巴后来果然天不假年于壮岁圆寂。

凯旋大军刚入萧关，便得前军报告：蒙哥大汗已派皇子玉龙答失亲临夏州前来劳军，一同监军的是汗廷重臣阿蓝答儿。

此时姚枢尚在养病中，刘侃提醒我道："还记得姚枢之言吗？此次北返凶险居多！刚进萧关，险境已在前面了。"

我说："汗兄是派皇子前来劳军的呀，莫非……"

刘侃道："如果劳军，何必派悍臣阿蓝答儿跟从？依我之见，此次南征大胜已有功高震主之嫌，大汗派皇子劳军为虚，想尽快收回军权为实。还是遵从姚枢之意见，彼有长线钓鱼，而吾则尽吐其钩，方为上策。"

我叹道："兄弟之间，何至于此！"

刘侃说："天威难犯，天意莫测，须步步为营，方能不落陷阱。"

于是我见到玉龙答失时，以王子真金病重，想交回专征之钺，请皇子将大军带回草原，而自己先行赶回金莲川。

皇子玉龙答失为人忠厚，觉得叔父远征得大功归来，就这样夺了他的军权心有不忍。但在一边的阿蓝答儿却发话了："皇子和下臣正为此事而来，宗王既然有此意愿，就请尽快交回专征之钺和远征大军，赶回金莲川探望病儿吧！"

于是，象征掌兵之权的钺被捧走了，随征大军也被带走了，荒原上只剩下孤零零的王车和小部分随从。随从中有人为此感到不平，刘侃却道："凡事有失必有得。大王还钺交兵是明智之举：其一，避免了大汗的猜忌，堵上了大汗身边进谗言者之口；其二，送走的大军中千万张嘴自会为宗王的南征之捷广为传言。"

还有其三，我确实可以早一些回到金莲川，去看望病中的王子和久别的察必！

# 九

一个立下大功的统帅，远征归来刚进入母地就被夺去军权，我心中的感受是可想而知的。其实，心中不快的并非只有我，还有在和林万安宫中的汗兄蒙哥。在权力面前，我们只是君臣。关于我背弃祖宗之道在漠南坐大的谗言早已不绝于大汗之耳，此时南征大捷，更有功高盖主之嫌。他原来认为，立刻就夺去南征统帅之权，起码会激起我的愤懑和不平，以此为由便可对我进行整肃，消除对汗廷的权力隐患。但这一拳却打在了羊毛上，除了我的恭顺贤良，没有看出任何的居功自傲，反而使得回到和林的南征将士们为我感到心中不平。在血缘面前，我们是兄弟。大汗虽没有读过曹植的七步诗，但一母所生的四个兄弟，一个为避权力之争另辟天地远去异域他乡；一个志大才疏，只想着将来继承汗位；而唯一可助他实现大业者，却在谗言和猜忌下落入失势的清冷之地。将心比心，当夜深人静之时，蒙哥大汗的心里恐怕也会涌上深深的歉意！所以这一年夏天，当我探望过在八思巴的法力加持下终于病愈的真金和忧劳成疾的察必，从金莲川北返汗都和林时，蒙哥大汗宽宏大度地亲率文武百官与皇族宗贵迎接我于郊外。

我不着盔甲宽衣松带跪伏于地，蒙哥大汗也不失时机地屈尊下马与皇太弟相拥而泣，携手而归。在欢迎和庆功宴会上，蒙哥汗故作姿态地责备了皇子玉龙答失，说："派你前去夏州是慰劳皇叔的，怎敢接过皇叔的军权？"

玉龙答失辩白道："我并不想接过叔父专征之钺，是阿蓝答儿……"

蒙哥汗训斥道："大胆阿蓝答儿，越权行事，该当何罪？"

我连忙和稀泥："大汗息怒。南征既已大功告成，忽必烈再留此钺已无意义，实乃因爱子病重，回金莲川探望心切，主动将专征之钺交还汗廷的。"

蒙哥这才息怒，对我大加封赏，高宣其功，不但将从大理带回的珍宝美女尽赐半数，并且听从我的建言将大理国主段兴智百般抚慰后允其重归云南，以助留守大理的兀良合台继续招安其余部，巩固包抄南家思之战略后方。

当晚，蒙哥汗召见中原重臣赛典赤，问计于国事。

这位忠直老臣坦然应对曰："为国事计，为征服南家思实现最终的霸业，必须稳定中原，以便获得成就大业必需的经济支持。而稳定中原，非忽必烈宗王莫属！"

他认为忽必烈敬兄之情感天动地，忠君之心日月可鉴！愿以身家性命担保我并无异心异志。

于是第二天，蒙哥大汗当着满朝文武庄重宣布："皇太弟凯旋归来，今后将继续总领漠南军庶事务，并仍将兼管邢州、汴梁、京兆等地之治理。中原其他诸地，也均由其代为节制。

并准其筑城于开平，为征服南家思备战于前沿……"

当我重新回到金莲川时，山青了，水绿了，大地解冻了。此前留在京兆劝农桑的王府尚书姚枢归来了，他是我幕府中群儒的核心，继续辅佐我进行齐家、治国、平天下的事业。大病初愈的真金有聪明过人的小安童伴读，二人一同专心就读于窦默老夫子的书帐。到了兔儿年（1255），经略中原已大见奇效。由赵壁与史天泽掌管河南，廉希宪与商挺掌管京兆，赵良弼与刘肃掌管邢州，再加上孟速思与赛典赤掌控燕京。因大力推行汉法治汉地，我的贤王之誉日隆中原之地。交给汗廷的赋税与年俱增。在人事方面，我与旧交史天泽和张柔之外的众多汉世侯也有了很深的交往，就连桀骜不驯、不可一世的汉世侯李璮也遣使前来请求庇荫了。

还有一件大事，既有群儒之议，又有大汗照准，刘侃开始占卜测地筹建开平王城。

随着漠南与中原汉地的生机恢复，有一种说法在大地上流传："能用士而能行中国之道，则为中国之主！"舆论如风，是我所不能控制的。而当如风的舆论吹入漠北汗廷时，谁知道又将是祸是福呢？

与我在漠南所得到的高度评价相反，在和林汗廷，在蒙哥大汗面前，群臣对我却是一片讨伐之声——

首先阿蓝答儿控告我修建的王城气派非凡。

这一点蒙哥汗没有归罪于我，他说那是由大汗准建的，忽必烈的王城自然也是大汗的。将来鞭指南家思，大汗在那里也需要一个地方可供驻足。

控告者说，但是开平城与汗都和林不同，完全是一个汉人的城，而不是蒙古人的城。并说了在筑城时有"向龙借地"的故事，特别指出，龙在汉人心目中是帝王的象征。闻听此说，大汗开朗的脸上浮上了一丝阴云。

接着窝阔台和察合台家系的东、西道诸王纷纷向大汗轮番进谏，攻击我的主要罪状是两条：其一是"中土诸侯民庶翕然归心"；其二是"王府诸臣多擅权为奸利事"。前一条指忽必烈心怀异志，图谋不轨；后一条指忽必烈收买奸佞，掏空国库。

让蒙哥感到奇怪的是，一向在他耳边言二哥之非的幼弟阿里不哥和他的亲信刘太平等反倒沉默无言。

最后，坚守游牧祖制的年迈老臣别勒古台竟愤然道："修筑汉式王城，欲称中国之主！其心还有草原母地吗？眼中还有蒙古大汗吗？忽必烈已成背叛圣祖之叛臣逆子，吾等均听命于大汗及少汗阿里不哥，应齐率重兵以迅雷不及掩耳之势攻占漠南！擒此背主之臣，早日消除大汗之心腹大患！"

据说蒙哥汗闻之一怔，他把目光投向阿里不哥，只见阿里不哥目光游移不敢与其相接，方才恍然大悟这些攻击忽必烈的人恐怕是另有人在背后主使。

这时候耶律铸跪倒禀奏："老王方才所言大谬！臣知大汗向来护幼，少汗向来敬长，何来统率征伐之言？况且皇太弟乃大汗所依之肱股之臣，即便有所不是，也不至兵戎相见！当今大汗正运筹帷幄，欲用兵南家思，早日实现圣祖未尽之志，若从此议，势必引起同室操戈，天下大乱！不仅授人以皇族相煎之柄，而且还将耗尽粮草辎重自毁一统天下之大业！大汗圣明，自会有明断！"

蒙哥大汗傲视群臣，脸上阴转晴又晴转阴。毕竟他是刚毅沉雄的大汗，举重若轻又举轻若重，取其所欲取，弃其所欲去。他对群臣道："耶律铸不愧是圣祖忠臣耶律楚材之后，所言字字珠玑，句句忠言！而老王所言虽欠思考，但坦坦荡荡尽显我草原真性，故都有赏。至于诸王所指涉忽必烈的两条主要罪状，其一不能成立，忽必烈经略中原汉人归心，说到底是对我大蒙古国的归心，有利于征服南家思一统天下完成圣祖宏愿，有何不好？讨伐之事，不可再提。至于其二，皇太弟生性忠厚，本汗不信其擅权为奸之事，但其王府诸臣是否有其事，众人所指，亦非空穴来风。为解众惑，并为皇太弟正名，朕将遣阿蓝答儿、刘太平等诸臣前往中原'钩考'，清查积账，严惩恶吏！"

从兔儿年（1255）开始的中原钩考，是我人生中的一大劫难。蒙哥大汗以足疾为名令我休息，下令解除了我的兵权。派遣亲信大臣阿蓝答儿和刘太平等，置钩考局于关中，广派酷吏在邢州、关中、河南等地大肆清查我手下的官员臣属，我在各地所设宣慰司、经略司、宣抚司等机构的大小官员，几乎所有藩府旧臣都被罩在一张大网之中……

在金莲川王府内，我寝不安席，食不甘味。不断得到从各地传来的坏消息，无非是某某官员、某某旧臣又被钩考钦差罗织罪名罢官下狱了。

有报告说："钩考官吏恣为威酷，盛暑械人炽日中，顷刻即死。搜集群小不逞之辈，虚言告讦，横生罗织，官吏望风畏遁，死于威恐者已逾二十余人矣！"

更有报告说阿蓝答儿甚至放出狠话："俟终局日，入此罪者，唯刘黑马、史天泽将上报汗廷与闻，余悉诛之！"

还有报告说史天泽、廉希宪等要员主动承担责任；赵良弼则力陈大义，词气恳切，二人卒不能污。但在这些受到诬陷甚至迫害至死的官员中，没有一个卖主求荣、顺从钩考官员反诬于我，这是在我痛苦中唯一值得欣慰的。

我召集谋士们研究对策，包括刘侃、郝经等一时也解决不了这道大汗所出的难题。我只能先派人到各地疏通关系，以尽可能减轻当事人的压力与痛苦。

在压力最重的时刻，一向沉稳的我也变得躁怒起来，觉得再这样下去，苦心经营的一切将化为泡影，治理漠南汉地的成果全都付诸东流！实在不行，就当杀了钩考钦差，以兵相抗！

关键时刻，还是老谋深算的姚枢帮我稳住了阵脚。他说："帝，君也，兄也。大王为皇弟，臣也，事难与较，远将受祸。不如尽将王府诸妃、郡主王子遣归汗廷，表示将长久留在大汗身边，并无自立之意。这样大汗的疑心方可消除，君臣、兄弟之间可望和好如初，钩考之事才可消弭。"

我听后仍觉为难。刘侃赞同姚枢的主意，说："除此之外，别无良策。还记得孔子问道于老子，老子不语，张口示之，牙尽落，舌仍在的故事吗？"

我问他："难道只有柔弱才能生存？"

刘侃强调道："是只有示弱才能生存。当今之道，最刚最强者皆为大汗。以强对强，必败无疑。以弱对强，则能生存。

80

宗王可记否《蒙古秘史》所记铁木真为何必杀其异母长兄别克帖儿？"

我悟到了："是因为别克帖儿与圣祖争强？"

刘侃道："对呀，别克帖儿与圣祖争雄，少年时就死于非命。而同为圣祖异母兄弟的别勒古台，至今还在，他是圣祖那一辈中唯一还活着的人，已经一百一十岁了。"

我看着姚枢和刘侃："你们的意思是，我必须做一个弱者？"

姚枢道："强弱之势是互易的，这也是《易经》最根本的道理。宗王自然绝非弱者，以我等所见，乃是有大包容之心者。但是此时在刚毅沉雄的蒙哥大汗面前，却必须示之以弱者之形，换取他的放心，解去他的戒心，并释放出他被雄心和疑心所压服着的慈悲之心、兄弟之情！"

我听取了谋士们的意见，轻车简从，怀中抱着刚刚出生的小女儿，膝下跟着刚会走路不久的两个儿子芒哥撒和那木罕，在茫茫草原上驾着勒勒车远行，前往和林汗廷去面见蒙哥大汗。我只骑驿站配给的马，只乘驿站配给的车，不带一兵一卒，只受驿站所派的宿卫接送。仅带了一个文侍，即汉儒郝经。一路上，自有驿站传报将消息送往蒙哥大汗的案头。

当我以极为虔诚谦恭之态即将到达和林时，大汗终于动容了，率众臣亲自出迎于和林城门之外。兄弟相会于一片沙尘之中，距离尚有五十步时，我即翻身下马，徒步蹒跚向他走来，一路的辛苦使我瘦了很多，双目深陷，但眼中却充满了诚惶诚恐、尊兄敬长的神态。我看到蒙哥大汗那坚硬的心终于被瓦解了，一母同胞的兄弟之情油然而生，他迎上前来，与我相拥而泣。

当晚，蒙哥汗设宴为我洗尘，亲热地为皇弟斟酒。令在场者感到意外的是，蒙哥汗竟在不让我有所表禀的情况下当场下令停止钩考。而我也心领神会地及时报恩，表示愿意交出河南、陕西、邢州等地的权力，尽快撤回自己的藩邸人员以严加管教，并将所设立的经略司、都转运司、宣抚司等机构交给汗廷处理。

酒酣之际，蒙哥汗心情大好，当众宣布了要率军亲征南家思的计划："我们的父兄们，过去的君主们，每一个都建立了功业，攻占过某个地方，在人们中间提高了自己的声望。我也要亲自出征，去攻取南家思！"

席间有诸王提出反对大汗御驾亲征的意见，说大汗是世界的君主，并有七个嫡庶兄弟，为什么还要亲自上阵与敌人作战呢？

更有不观眼色者提出，皇太弟忽必烈此前已远征大理立下殊功，为何不派他担此重任？这样一说，又把刚刚交权的我和并不想再次使用我的蒙哥大汗都放在了尴尬的位置上。大汗的脸立刻就晴转阴了。

这时候，还是老臣别勒古台提出了一个建议："大汗身在汗廷用兵如神，方使圣祖神威远扬于大理南诏！然皇太弟南征多有苦劳，且又闻其足疾严重，故老臣斗胆建言：其暂不宜身负要务，当远离朝政以待康复。如蒙降旨，皇太弟可返回汗都藩府静心休养。以示皇恩浩荡、皇室亲情！"

蒙哥汗顺水推舟照准此议。我在政治上安全了，但兵权被再次解除。

十

蛇儿年（1257）春，蒙哥汗招诸王诸将从征。兵分两路，自领主力取四川，塔察儿率东路军取荆襄、两淮。中原汉世侯亦分东西两路从征。幼弟阿里不哥留守和林。而以我患足疾为名，被令回家休息，实际上剥夺了我主持漠南、中原的军政大权。

自从当年长春道人丘处机被召至军中觐见成吉思汗并得到其信任，以全真派为代表的道教就在蒙古国的范围内取得了很高的地位，于是一些道士便仗着钱财壮盛，广买臣下，占夺佛寺，损毁佛像，引起了佛教徒的广泛不满。佛道两派产生纷争相告于汗廷，蒙哥大汗授权我这赋闲之王主持僧人和道士之间的大辩论，以结束这两种宗教之间的纷争。我成了这场辩论的裁判者。

马儿年（1258）初，佛道两派于开平我的藩府之内进行大辩论。参加辩论的有佛、道二教代表各十七人。僧人代表有吐蕃萨伽派领袖八思巴，以及汉地、大理、河西等处的名僧，我

83

的幕僚刘侃也在其列。道教的代表是全真派掌教张志敬等。我藩邸中的儒士姚枢、窦默、廉希宪、张文谦等也列席辩论，协助我证其是非。这次辩论的核心是道士们所奉的《老子化胡经》的真伪。辩论进行了一整天，最终道士们理屈词穷，被我宣告论战失败。失败的道士们被迫诣龙光寺削发为僧，道教伪书被烧，并归还佛寺及产业二百余处。

从此佛教成为蒙古国最为重要的宗教。


这年四月，蒙哥汗驻军六盘山，兵四万，号称十万。九月，大汗率军进入利州。伐蜀仅两三个月，即占蜀地三分之二。

但东路军围攻樊城不克而退，一年多时间没有进展，使得蒙哥汗对于执掌东路军的宗王塔察尔大为不满，专派使者前往申斥。

在和林藩邸中，我和幕僚们分析形势，商量对策。

谋士们认为，此前在钩考时交出权力，是为了换取政治上的安全。大汗出征南宋夺去我的军权，是担心我再次取得南征之捷立功坐大。但现在情势变了，征伐南宋之举并不如大汗设想的那样顺利，在这种情形下，继续坐山观虎斗，又可能引起大汗的不满。所以，到了再次请求出山的时候了。

于是在我示忠的请求下，蒙哥大汗不得不重新起用我主持东路战事。

羊儿年（1259），我会诸王于邢州，接受兵权。

讨论形势时姚枢指出：在北部中国，金朝立国于黑龙江流域和朝鲜之间，西夏占有河西和鄂尔多斯，西辽管辖畏兀儿之地及其以西的广大地区。这几个政权各有疆界、禁令，并且依靠大量军队维持自身的存在。然而它们早已失去进取的锐气，腐朽、衰败日益加剧。这种分裂局面之始，严格说来应追溯至唐中期安史之乱，已延续四个多世纪了。尽人皆知，国家的分裂，严重妨碍各民族、各地区的联系，从而影响经济发展和文化进步。中国的统一是亟待解决的大问题，谁能完成这一重任，谁就在历史上立有大功。这就叫思大有为于天下啊！圣祖成吉思汗数次用兵于西夏和上邦大国金朝，最终将其消灭。经过数十年的战争，中国北方出现了可喜的局面，东起日本海，北达谦河，南抵渭水、黄河的广大地区都在蒙古汗国控制之下，所有权力山头及彼此疆界均被彻底铲平，中国即将再次成为一统天下，眼下所余者，只剩一家南宋，即你们蒙古人所谓的南家思了！

我忽然很认真地问姚枢："身为一个汉人，你为什么要帮我们蒙古人去灭了汉人的南家思王朝？"

姚枢沉默良久，没有回答。

夏五月，军驻小濮州，与众谋士议兵。

在谈到南征方略时，姚枢直言道："本朝威武有余，而仁德不足。若投降者不杀，协从者不罪，则宋之郡邑当可传檄而定。"

我问治国用兵之要，姚枢答道："治国，则以用贤、立法、赏罚、君道、务本、清源为要；用兵，则以要伐罪、救民、不嗜杀为要。"

细言之，所谓伐罪，是指宋国君臣苟安一隅，仍花天酒地，搜刮民脂民膏，故而要伐；所谓救民，是指前往解救宋朝治下的百姓，不许任何人劫财害命；所谓不嗜杀，是指努力招降敌人，只要放下武器、停止抵抗，就一律不杀。包括那些曾经英勇抵抗过蒙古军的敌人，只要放下武器，就不再杀戮。这一点我完全赞同，杀害放下武器的敌人，本不是草原英雄所为。

细想起来，姚枢对我说的这几点治国用兵之要，其实已部分地回答了我此前问他的那个问题。

在小濮会议上，发表了治国用兵高论的还有郝经。郝经本是一位儒生，并无实战经验，只是长期充当汉军万户张柔的谋士，但他提出的"东师议"，却使我从此对他高看一眼。

第一，他斗胆认为蒙哥汗亲征攻宋，是犯了很大的战略错误。古之能统一天下者，以德不以力。如今于宋一方尚未有完全败亡之相，而我一方乃空国而出，诸侯窥伺于内，小民凋敝于外。如果不能修德布惠，敦族简贤，绥怀远人，控制诸道，上应天心，下系人望，顺时而动，则此次伐宋只见其危，未见其利。

此言一出，座下汉人谋士皆不出声，而蒙古将军都面有愤色。这是直言不讳地指责此次蒙哥大汗的南下攻宋不符合古圣先贤取天下以德不以力的原则，既不上应天心，又不下系人望；既然不是顺时而动，那么显然就是不合时宜了。说白了，就是在预言：此次南征必败！

对此种大胆的言论，我也十分惊讶，问道，这也是张柔的意见吗？

　　我看到张柔的脸不禁有些苍白，但郝经说，在入幕宗王府之前，我是张将军的幕僚，自然和张将军互相议论用兵之道。但此番议论，完全是我个人的看法，与张将军无关。这样一说，张柔的脸色才好些了。我让他继续发表高论，于是郝经接着道：

　　第二，此次出征过于仓促，朝下令而夕出师，阖国大举，跋履山川，试图伐宋统一天下。此举以志论，不可谓不锐；以力论，不可谓不强；以规模论，不可谓不大，但以策略论，却有未尽周详之处。夫取天下，可以力并之，亦可以术图之。以力并者未必能持久，久则顿弊而不振；而以术图之则不可操之过急，掉以轻心，亦不能一味诉诸武力，而应该文武并用。况且万乘之尊不宜轻动，完全不必由天子御驾亲征，只要用人得当，纪律严明就可以了。

　　郝经这样说，又等于是直指蒙哥大汗此次亲率主力西征并不明智，是逞匹夫之勇而已。座下蒙古将军有的已涨红了脸，要起来反驳他，被我按住了，我想继续听郝经说。

　　第三，蒙古军队以往之所以能所向无敌，一是靠蒙古骑兵的攻击强度，这是以力胜；二是靠蒙古骑兵的攻击速度，出其不意，攻其不备，所攻者无不破，都在于蒙古军队长于骑战。而这次蒙哥大汗亲征四川，一来铁骑在水乡不能展其长，二来六师雷动，敌方早已防范，实际上是舍奇而用正。今限以大山深谷，扼以重险危途，我方乘险用奇难，敌方因险用奇易。且大军已深入敌方领域，无掳掠以为资，无俘获以备役，以有限之力，冒无限之险，真正是到了英雄无用武之地。而力无所用，与无力同；勇无所施，与无勇同；最后必然完全丧失主动，兵势滞遏难前，其结果是再竭三竭，强弩之末已不能穿其鲁缟了。

他这样说，等于是在提前宣布蒙哥大汗此次御驾亲征的失败。但是他说出了失败的理由，这理由又令人信服，我看到在座的蒙古将军们的表情也由愤怒变为了思索。

我请他继续说，他又说出了第四点：即先荆后淮，先淮后江的南征方略。

他说蒙哥大汗即便御驾亲征，也不应进攻四川，而应选择其他方向。宋人常说：有荆襄可以保淮甸，有淮甸则可以保江南。我军当从彼所保之地以为吾所攻之处，以一军出襄邓，直渡汉水，造舟为梁。先下襄阳，后入长江，一举而下金陵，举临安则可也。

郝经的这番议论，深得我心。但对于蒙哥大汗的西征行动，我已无力改变；只能率领自己这一支军队，在东路稳步推进，以静观其变了。


八月，行至淮河北岸，忽然听到蒙哥汗猝亡于四川合州钓鱼城下的传言。

我急忙与霸突鲁将军商议。商议的结果是，谣言未必可信，很可能是南宋人为瓦解我军心所造。我们已率领了多得像蚂蚁和蝗虫般的大军来到这里，总不能因为谣传就无所作为地回去吧？于是决定全军继续南下，八月十五日渡过淮河，二十日，攻入大散关，进抵黄陂。至此，我麾下的东路军，已全部突破宋军的淮西防线，直逼长江北岸了。

九月一日，正当我准备渡江时，传来了蒙哥大汗的确切死讯。

这个消息是我的异母庶弟、随从蒙哥大汗征蜀的么哥派遣使者专程赶来报告的。一切均被郝经不幸言中。

## 十一

蒙哥汗死于四川钓鱼城。这是我人生的第二个转折点！

在这个世界上，每天都有无数人死去，或者老死病死，或者被人杀死。芸芸众生的死，正如羊群中被杀了一些羊，河流中被捕去一些鱼，大地上少了一些蚂蚁，对世界来说没有任何影响。但某些人的死就不一样了，比如蒙古人的大汗，比如汉人的皇帝，他们的死有如山崩地裂，雪灾洪水。汉人们很早就意识到了最高当权者的死会引起天地间的巨大变化，所以把拥有最高权力的皇帝叫作天子，并对天子的继承，设计出了一套既定的规则。当前一个天子死去，既定的皇储按照规则继位。这套规则在大多数情况下得到了遵循，这就是王朝的延续。当然也有些时候这些规则遭到了破坏，这就是改朝换代。但改朝换代之后，创立这个朝代的皇帝依然沿用前朝的规矩来解决自己身后的继承问题。这或许就是汉人的帝国能够延续千年不变的原因。

但是我们蒙古人不同，我们蒙古人的历史太短。汉人的历史，像一条源远流长的河流，几千年来，始终在固定的河道里流淌；而我们蒙古人的兴起，却像一场突然爆发的山洪，转瞬间就淹没了大片土地。汉人的国家，是祖先一代一代传下来的；而我的祖父成吉思汗，年轻时寄人篱下，一无所有，靠打仗渔猎为生。仅仅几十年的时间，他带领的那个小小的蒙古部落竟然变成了横跨东西雄踞天下的大蒙古国。极度的征伐扩张带来了无边的疆土、无数的臣民奴隶、无尽的金银财宝！我的祖父一生都在征伐、征伐、征伐……如何管理和延续他的这份巨大家产？他还没有来得及考虑，就已经走到了生命的尽头。于是蒙古人第一个大汗的死，就给广袤的草原帝国带来了巨大的震荡！

其实这种震荡，在祖父的生命还没有结束时就已经开始了。在一次试图选择自己继承者的家族会议上，祖父刚刚要长子术赤发表意见，就被次子察合台打断了，他用极为不恭的态度质问成吉思汗："你叫术赤先讲，是不是要让他来继承？"接着，他说出了一个令人难堪的事实，即他的长兄术赤，是在母亲孛尔帖被敌人掳走期间出生的，因而可能是个杂种。而让一个杂种来继承大汗之位，是不能被接受的！

察合台的话激怒了术赤，长子和次子当众扭打了起来。但对于次子这种令人难堪的发难，祖父并没有发出雷霆震怒，而是以相当的克制容忍了，或许因为祖母孛尔帖当年的被掳，是他一生中的隐痛吧。叱咤风云的成吉思汗，此时用慈父的态度要儿子们铭记："污辱术赤，就是污辱你们的母亲！尽管你们出生的时间不同、环境不同，但全都来自一个温暖的母腹！"

但是，在至高权力那巨大的诱惑面前，出自同一母腹的四兄弟是否还能像幼年时那样互相温暖呢？

由于术赤的血统纯洁性问题被当众提出，术赤失去了继承汗位的可能性。

由于察合台不顾体面地提出了这个问题，察合台也失去了继承汗位的可能性。于是继承权转向了三子窝阔台，或许是他老成持重的温和性情使人感到放心；而他对酒的爱好也让人有安全感。一个嗜酒如命的人，对于权力应该不会有过于强烈的欲望。但是窝阔台的继承汗位，还只是成吉思汗的一个意向，并没有成为定局。因为蒙古人还有着幼子守灶的传统，成吉思汗虽然在名义上让窝阔台成为了自己的继承者，但是并没有把大蒙古国的军政大权交给他；掌握军队的权力，成吉思汗交给了他的幼子拖雷。同样，按照蒙古人的传统，窝阔台这一大汗继承人不仅要由前一任大汗提出，最终还要由全蒙古人的贵族大会忽里台认可。在成吉思汗死后直到忽里台大会召开的两年多时间里，作为监国的拖雷忠实地履行了他对于父汗的诺言，和耶律楚材一同把窝阔台推上了大汗之位。但是他忠诚和努力的结果，却是过早地断送了自己的性命。

父亲拖雷死去后的那段岁月，蒙哥、我、旭烈兀和阿里不哥四兄弟在母亲的保护下互相依靠互相支持，那是最艰难的日子，也是最温暖的日子。但随着长兄蒙哥成为大汗，一切就慢慢改变了。长兄对我猜忌、防范；幼弟对我拨弄是非。好在三弟旭烈兀生性耿直，看不惯兄弟间的明争暗斗，干脆带兵西征，为自己去开辟另一片天地，以逐鹿西域来躲开汗廷里的权力角逐。而我，则在远征大理凯旋后遭受了一系列的剥夺和打击；残酷的钩考事件，差点儿将我多年积累而成的政治基础毁于一旦。如果不是蒙哥汗此次亲征四川遇到了困难，我依然只是一个赋闲的宗王，也许此生不再有施展抱负的机会。姚枢说得对，在权力面前，父子已不是父子，兄弟也不再是兄弟。现在，我的长兄蒙哥汗突然地、意外地死了，我应该怎么办？

我的异母庶弟么哥派密使送来蒙哥汗死讯的同时，也带来了他的意见："请北归以系天下之望！"么哥与我情同一母同胞，在这样一个重大时刻，自然希望我能撤军北归，继承汗位，以满足天下臣民对我的厚望。但是立刻北归，还是继续南下，这个问题过于重大，我必须和我的诸位谋士和蒙古诸将商议决定。

商议的结果，不但没有立刻北归，反而加强了进攻。这基于三点考虑：

第一点是蒙古诸将的心情。他们认为成吉思汗以来，蒙古军队南征北战，从未无功而返。此次南下攻宋，堂堂大汗竟死于一个小小钓鱼城下；南路军进展也十分艰难；如果我东路军再临江不战，撤回草原，那就等于宣告此次南征全面失败。他们这些号称巴特尔的领兵将帅，将无言见和林父老。我的心情也和他们相同：奉命南来，岂可无功遽还？我此次好不容易获得复出机会总领东路军，若像察塔尔那样无功而返，将会在黄金家族中丢尽脸面。一个没有脸面的人，又怎能有志于大汗之位？

第二点是姚枢的考虑：如按么哥的要求立刻北归，大家都知道这是直奔汗位而去。汗位确实重要，但并非回去就可拿到，因为我还有一个按传统守灶的幼弟阿里不哥正坐镇汗廷。眼下旭烈兀远在西域，并且已为自己开辟出了一个新的汗国。

按照旭烈兀的性格，他或许会回来为长兄蒙哥汗奔丧，但不会再介入和林的汗位之争。那么汗位属谁，就只在我和阿里不哥两人之间了。争夺汗位不仅需要时机，更需要实力。从目前的情形看，我虽然掌握着东路军的军权，但总体实力尚不足以同坐镇汗廷的阿里不哥对抗。所以赶回无益，而在此时继续攻宋，则是以国事为重。诸路王爷和大臣们自会对我高看一眼。汉人有古语说，欲擒故纵，欲取先予。现在当务之急要取的，不是北方的权柄，而是南方的战果。

第三点是郝经的意见：现在因蒙哥汗之死，西路军的攻宋行动已告失败。而东路军和南路军命运如何，关键是看我东路军。兀良合台的南路军奉旨由大理经南宋辖区转战北上，如果东路军就此撤退而不渡江接应，兀良合台的南路军就有可能全军覆没！况且，渡江计划及各项准备已大体就绪，犹如箭在弦上！而我东路军每有胜绩，南路军就会有会师的希望。而东路军多胜一战，宗王在此后的忽里台大会上就会多争得一部分诸王的拥护。

九月三日，我登上长江北岸的香炉山，俯瞰大江，观察敌情。南宋方面陈兵十万，列舟两千，筑堡于岸，水陆戒备，并以大船扼守江渡，确有横截江面之势。但我已果断决定明晨开始渡江。我知道像我这样一个患有足疾之人，不可能代替士兵亲冒矢石，但一个主帅的决心大小，往往决定了进攻的成败。

四日黎明，天色阴暗，风雨交加。诸将都以为无法渡江，但我不予理睬。看到我的决心，董文炳主动请战道："长江天险，宋所恃以为国，势必死守，不夺之气不可，臣请尝之。"我要的就是这样的战将，亲拨予敢死之士和大型战舰，并亲手

94

为他们挑选甲胄。然后严令诸将扬旗击鼓，分三路一同进发。恰在此时，天气放晴，蒙古军竞相争渡，董文炳、董文用兄弟所率敢死士冲在最前，士气大振。艨艟鼓棹急趋，疾呼奋进，二百艘战船直抵南岸。此役于大江中流与宋军激战十数次，夺敌舰千艘。于水战中大败敌方，此种成就感我平生中未有。

我军胜利渡江后，驻扎于江北岸浒黄州。我履行前诺，颁布了严肃军纪的命令：军士有擅入民家者，以军法从事。凡是俘获人口，全部释放。这里有郝经的《青山矶市》诗为证："渡江不杀降，百姓皆安堵。"对俘虏中的儒士，廉希宪建议予以官钱购遣还家，我欣然采纳，放还江南儒士五百余人。

数日后，完成对鄂州城的包围。我命令在城东北头陀峰上立起五丈高楼，号压云亭，以便登临其上，观察城中敌情。郝经作《压云亭》诗以志其状：

　　重岭绕郭峻，高亭下临鄂。艨艟断江流，甲骑蹵城脚。
　　拒命始进攻，铁匝长围合。顾已无头陀，径欲椎黄鹤。

然而对鄂州的围攻并不顺利，守城宋将张胜坚城固守，虽死伤一万三千余人，竟保住城池不破。其间南宋贾似道、高达等军也分别从汉阳等方面给予策应和支持。此段时间，兀良合台的南路军自云南经广西辗转攻入湖南，由于瘴疠之气，军中病亡甚多，只剩下五千人了。十一月，我派军接应，南路军放弃潭州，与我东路军会师于鄂州。

当我军与宋军鏖战于鄂州城下时，留在开平的察必派她信任的脱欢和爱莫干为使给我送来一封急信，信上却只有这样几句话：

"大鱼的头被砍断了，在小鱼中除了你和阿里不哥以外，还剩下谁呢？你回来好不好？"

察必的信中不明说什么，仅用隐语，这说明和林的局势越来越令人不安了。

我向二位使者询问，他们报告道：

蒙哥大汗突然去世，去世前又没有像成吉思汗那样在生前就确定汗位继承人，所以在和林的众王公贵族之中，都在推测汗位属谁。最接近汗位的人自然是蒙哥大汗的三位弟弟和他的几个儿子。蒙哥汗的几个嫡子庶子，玉龙答失和昔里吉等均年少年幼，且无战功和威望；三兄弟中旭烈兀已在西域建立起了属于他自己的伊尔汗国，并不想回草原来当蒙古国的大汗。那么实际上有可能争当大汗的只有我和阿里不哥两个人了。阿里不哥作为拖雷家族守灶的幼子，继承了家族的主要领地：蒙古三河源头故地及母亲唆鲁禾帖尼在汉地真定的汤沐邑，他掌握了蒙古汗国的主要领地和整个北方的军队，同时又守命留守汗都和林，这对他继承汗位有着很大的优势。况且蒙哥汗死后西征军的主力回到六盘山待命，主要将领浑都海等都站在阿里不哥一边。而宗王作为拖雷的第二位嫡子，虽然能力和威望远高于阿里不哥，但站在宗王这一边的主要是以木华黎子孙为主的蒙古东路军和以察塔尔为主的东道诸王，还有来自汉地的汉臣汉将，在都城和林以及漠北广大地域中的影响则不如阿里不哥。为了维护自身的利益，蒙哥汗的正妃忽都灰和她的儿子们也都倾向于幼子守灶的草原传统，支持阿里不哥继位。特别是那些曾经鼓动蒙哥汗对宗王臣属进行过钩考的那些大臣：阿蓝答儿、刘太平、脱火思、脱里赤等，因为担心宗王上台后会对他们进行报复，都已在谋立阿里不哥。据传阿蓝答儿已经对阿里不哥说："忽必烈和旭烈兀二人出征去了，蒙哥大汗已经把大兀鲁思托给了你，你还犹豫什么呢？难道要我们像羔羊一样被割断喉咙吗？"在他们的鼓动下，阿里不哥已经以监国的名义派出数路使者通知诸王贵族会丧和林，同时举行忽里台大会，为自己登上汗位做准备。同时派其亲信阿蓝答儿发兵于漠北诸部，派脱里赤括兵于漠南诸州。而阿蓝答儿以传调兵力之名，到燕京一带征兵征粮，离开平仅百余里，并从蒙古诸军中抽调侍卫军，企图将开平也控制在自己手里。如此事急，察必王妃才急派我等传信至宗王处。

我明白了，察必信中为什么不做明言，而用大鱼小鱼来做比喻，这说明阿蓝答儿的威胁已在她周围，这封信很有可能落入他的人之手。形势已经岌岌可危了。

在察必密信送到的一天之后，阿里不哥也派使者前来转达他的请安和问候。我问使者道："阿里不哥把他抽调去的那些侍卫军派到哪里去了？"使者竟说："我们这些奴才们一点儿也不知道，想是谣传吧？"

这样的否认，更令人起疑。

正在这时，我器重的汉臣郝经递上了一份《班师议》。当渡淮伊始，初得蒙哥汗死讯时，郝经曾建议继续南进渡江。现在数月过去，他现在的建议却是班师，这或许就是他引《易经》所说的"知进退存亡而不失其正者，其惟圣人乎"吧。

他分析道："从军事上看，蒙哥汗的西路军已经瓦解，主力已撤回六盘山；而宋将张胜等坚守不降，我军被迫屯兵于坚城之下。另一宋将吕文德已并兵拒守，知我国丧，斗气倍增。两淮、江西、岭广、闽越一带的宋军都积极向鄂州一带集中，而宋相贾似道的援鄂之师也正四面云集。如果宋师乘机遏截于江黄津渡，邀遮于大城关口，塞汉东之石门，限郢、复之湖泺，则我东路军有可能陷于孤军深入、归路断绝的危险境地。"

他接着分析道："宋人方拒大敌，自救之师虽则毕集，未暇谋我。但我国内空虚，稍有势力的诸王贵族，观望所立，莫不染指垂涎，觊觎神器。且阿里不哥已行敕令，令脱里赤为断事官、行尚书省，据燕都，按图籍，号令诸道，俨然在行皇帝事了。大王你虽素人望，且握重兵在手，但当年金国海陵王的情形，就和眼下你的情形很相似啊！"

他提起海陵王，对我不啻醍醐灌顶，惊出一身冷汗！当年金国海陵王是何等意气风发，率军六十万南征宋朝，没想到家中后院起火，完颜雍以两万人在辽阳发动政变。海陵王拒绝及时回师夺权，坚持渡江南征，结果全军覆没，身败名裂。郝经急切地说，师不当进而进，城不当攻而攻，当速退而不退，役成迁延，情见势屈，举天下之兵不能取一城，则我竭彼盈，还等什么呢？

为了转危为安，郝经提出五条对策：一、把截江面，与宋议和。哪怕割让淮南、汉上、梓、夔两路，也要与对方定疆界、岁币，签订和约。二、留下辎重，率轻骑先行，渡淮乘驿，控制燕京，稳定漠南局面。三、派一支精兵逆向而行，迎接蒙哥大汗灵柩，同时收取大汗玉玺。四、派使者召集旭烈兀、别儿哥等会丧和林，以正大位。五、差官员于全国各地，抚慰安辑；同时召真金太子至燕京，以安形势。

读完郝经的奏疏，我已坚定了班师北归的决心。现在要紧的，是要尽快与南宋方面达成议和的局面，以便迅速安全地北归。恰在此时，天从人愿，身为南宋右丞相的贾似道已秘遣宋京为使，来到蒙古军营中请求称臣议和。看来危险不仅是单方面的，在我军渡江攻鄂，突破了南宋在长江中游的防线之后，且不说陷入重围的鄂州危在旦夕，此外还有霸突鲁等将率军进攻岳州，袭扰江西兴国、瑞州、南康、抚州等地；此前还有兀良合台入湖南攻潭州，这些行动均使蒙古军的进攻深入到南宋腹地，威胁到了临安的安全。宋廷中一度极为惊恐，有人甚至已提议迁都逃亡了。

谈判在被围的鄂州城中进行。我派亲信侍臣赵璧由三千兵卒护送入城与谈，经过反复，达成的议和条件为：宋蒙双方以长江为界，宋朝向蒙古称臣，每年纳贡白银二十万两，绢二十万匹。

议和既成，我便昼夜兼程赶回北方。当不久后了解到蒙古军北撤的真相时，南宋人恍然大悟。这时宋朝大将刘整派一支军队袭击了我的后军，杀死了断后的蒙古军一百七十多人。但是贾似道却向他的朝廷谎报战果说肃清了蒙古军队，取得了歼敌万余的大捷，被糊涂皇帝宋理宗视为再造江山的大功臣，不但加官晋爵，而且令京城百官出郊迎之。于是这个南宋的大奸臣一下子变成了抗战的大英雄，取得了更加权倾一时的地位。而对于和蒙古人议和一事他则只字不提，倒霉的宋理宗至死都被蒙在鼓里。

我在年底到达燕京。以我的权力和威势，立即下令脱里赤将所有应阿里不哥之命征集的兵士全部解散。脱里赤没有料到我会如此迅速地回到燕京，并且如此果断地遣散他集的士兵。显然他立刻就派人向他的主子阿里不哥报告，而阿里不哥也很快派了一名万夫长来向我以好话请安，还特别向我禀告：阿里不哥已经停止征发士兵，一定要我放心。

　　我知道自从我北返开始，我面前的敌人就已经不再是偏安于南方的宋朝皇帝，而是我的手足兄弟阿里不哥了。但此时战幕尚未拉开，双方还在运筹帷幄，调兵遣将。阿里不哥的退让，只是缓兵之计，他还有决胜之计握在手里。我的幼弟十分清楚，自己以守灶者的身份留守汗都和林，以监国者的身份主持国政，掌握着漠北大部分军队，又得到蒙哥汗诸子及汗廷大臣们的支持，只要在漠北召开忽里台大会，借此解决汗位继承问题，就可以说胜券在握。于是阿里不哥向各方派出使者，邀请他们出席将在漠北举行的忽里台大会。同时派脱里赤等为急使到燕京来通知我："为了举行蒙哥汗的葬礼，务请忽必烈和全体宗王都来。"

　　于是，去不去和林参会，成了关乎我此后命运走向的最重要的决定。按照常理和蒙古草原的传统，我应该前往赴会。但去了和林，进入了阿里不哥的势力范围，则前途未卜，凶多吉少。姚枢老师早就说过，在权力面前，父子不再是父子，兄弟也不再是兄弟。附从众议承认在各方面远不及我的幼弟为新任大汗，我于心不甘。而如果在他的地盘上和他争夺汗位，我也将落得在上一次忽里台大会上失烈门和脑忽等人的下场。

　　恰在此时身为儒者的畏兀尔人廉希宪向我进言："今阿里

100

不哥虽为殿下母弟，彼以监国身份居守和林，专制有年。如果有奸佞臣人，促使他先登汗位，以现有玺书来号令天下，宗王就落了后手。若宗王早承大统，颁告德音于天下，彼虽然仍居和林，若再称汗，名分上已成叛逆。安危逆顺，间不容发，望宗王早定大计！"

汉臣商挺也说："先发制人，后发人制。天命不敢辞，人情不敢违，事机一失，万巧莫追。"我环顾姚枢、刘侃、郝经等汉臣谋士，他们对此议无不颔首。

于是中统元年（1260）三月初，我率军抵达开平，在那里举行了一次忽里台大会。与会者有西道诸王合丹、阿只吉等，东道诸王塔察儿、也孙哥等，还有其他功臣贵戚。我的旧臣近侍廉希宪、孟速思、商挺等自然率先劝进：

"蒙哥汗奄弃臣民，神器不可以久旷。太祖嫡孙，唯大王最长且贤，以贤以长，当有天下。"这自然是儒者拥立皇帝的理由。

而在蒙古人中，拥戴之功则首推东道诸王之首塔察儿。诸王勋贵们经商议后一致认为："旭烈兀已在西域建国，察合台的子孙在远方，术赤的子孙更加遥远。与阿里不哥勾结在一起的人做了蠢事，危及了我们共同的利益，如果我们现在不拥立一个大汗，我们怎么生存呢？"

于是诸王贵族也相继劝进："殿下为成吉思汗嫡孙，蒙哥大汗母弟，以贤以长，当有天下。"显然蒙古人也认同汉人儒者"以贤以长当有天下"的观念。我想，在贤与长这二者中，显然以贤更重。否则，单凭年长而论，是敌不过蒙古人幼子守灶的传统观念的。

我当然不能表现出自己一心想当大汗，再三辞让后，才被众人拥上大汗之位。说句实话，这个大汗并不完全是为我自己，而是为寄希望于我的那些汉臣谋士，还有因为我的仁厚而跟从我的那些蒙古人而当的。

　　这一年，我四十六岁。

# 十二

　　我知道，不赴汗都和林参加阿里不哥召集的忽里台，而在开平召开忽里台，并由此抢先登上大汗之位，是蒙古人长期以来对我的诟病。在许多蒙古人的心目中，我忽必烈就是一个篡权者和僭越者。在我的族人中，我作为大汗的正统性一直受到质疑，这也是我深藏心底的一块病。为了治愈这块病，为了证明我是一个真正的蒙古大汗，为了证明我比我的幼弟阿里不哥强，比我的长兄蒙哥汗强，也比我的伯父窝阔台大汗强，自登上大汗之位起，我就不断进取，像我的祖父成吉思汗一样不停地开疆拓土，直到天的尽头，地的边缘。但和祖父有所不同的是，我的征服雄心中还有一半是仁慈之心。在我的战争中，不像我祖父的战争中有那么多无休止的杀戮；对待不再抵抗和失去抵抗能力的敌人，我的做法远较我的先辈宽容。

　　看看我颁布的即位诏书吧：

朕惟祖宗肇造区宇，奄有四方，武功迭兴，文治多缺，五十余年于此矣。盖时有先后，事有缓急，天下大业，非一圣一朝所能兼备也。先皇帝即位之初，风飞雷厉，将大有为，忧国爱民之心虽切于己，尊贤使能之道未得其人。方董夔门之师，遽遗鼎湖之泣。岂期遗恨，竟勿克终。

肆予冲人，渡江之后，盖将深入焉。乃闻国中重以金军之扰，黎民惊骇，若不能一朝居者。予为此惧，驿骑驰归。目前之急虽纾，境外之兵未戢。乃会群议，以集良规。不意宗盟，辄先推戴。左右万里，名王巨臣，不召而来者有之，不谋而同者皆是。咸谓国家之大统不可久旷，神人之重寄不可暂虚。求之今日，太祖嫡孙之中，先皇母弟之列，以贤以长，止予一人。虽在征伐之间，每存仁爱之念，博施济众，实可为天下之主。天道助顺，人谟与能。祖训传国大典，于是乎在，孰敢不从……

这样的一篇诏书是用汉字写就的。文辞秀丽，言简意赅，明晰透彻，入情入理。蒙古人写不出来，用当时简单粗陋的蒙古文也写不出来。这是我的汉人幕僚、金国的前朝状元王鹗的大手笔，中心意思是我口授，再用汉人的文字润色而成。

不久之后，在和林召开的忽里台大会上，阿里不哥也被拥戴他的那些蒙古人立为大汗。于是蒙古帝国前所未有地出现了两位并立的大汗。不同的是，阿里不哥仅仅是蒙古人的大汗，而我这位大汗同时也成为了汉人的皇帝。

在这一段时间里，大蒙古国有两颗太阳在互相争辉。但阿里不哥那颗太阳仅仅照着漠北草原，而忽必烈这颗太阳同时还照耀着漠南汉地。随着时光的推移，这一颗太阳把它的光更多地投向了漠南汉地、华夏中原。

我与阿里不哥两汗争锋的战幕是在秦陇之地率先拉开的。

登位伊始的四月初，我派八春、廉希宪和商挺为陕西四川等路宣抚使，以赵良弼为参议去战略要地关中，他们于五月三日驰驿抵达京兆府。

两日前，阿里不哥委派的行尚书省官刘太平和霍鲁怀已抢先入城。刘太平数年前曾驻京兆大肆钩考，秦陇吏民对其皆有恐怨之心。廉希宪等后至先发，即传大汗诏旨以安秦陇人心，并派使者到六盘山军中去宣谕安抚领兵主将浑都海。得悉使者被杀，知道浑都海所率军队已倒向阿里不哥，情势严重。于是召集僚属曰："上新即位，责任吾等，正在今日。不早为计，殆将无及。"果断命令汉军万户刘黑马逮捕刘太平和霍鲁怀，先斩后奏，将二人绞死狱中。又派刘黑马和巩昌总帅汪惟正乘驿分赴四川，诛成都将军密里霍者和青城将军乞台不华，接管节制其驻四川的军队。剩下的事就是全力对付浑都海的军队了。

与此同时，阿里不哥派阿蓝答儿率军从和林南下，与浑都海部会合于甘州，合军东攻西凉州拥我为汗的只必帖木儿大王领地。而我方的八春和汪良臣二军奉命西去御敌，与浑都海和阿蓝答儿所率军队相持两月。

九月，我命合丹大王等率骑兵参战，会同八春、汪良臣部，与阿蓝答儿和浑都海在甘州东面山丹附近的耀碑谷展开决战。全军由宗王合丹统一指挥，分三路迎敌。时值大风吹沙，天色晦暗。中军汪良臣命军士下马，以短兵器突袭敌军左翼，绕出阵后，又击溃敌军右翼。南翼八春直捣敌军前部，北翼合丹率精锐骑兵截断敌军后路，此战大败敌军，杀伤俘虏不计其数。而敌酋浑都海和数度与我为敌的悍臣阿蓝答儿均被斩首。

秦陇之役，几个宣抚使官员相机行事，就地临时组织调集秦蜀军队，竟能消灭阿蓝答儿和浑都海的数万重兵，实得力于我的派员得当与用人不疑。廉希宪、商挺和赵良弼三人，原就任职于我藩邸所属京兆宣抚司，对秦蜀之况胸有成竹，且个个足智多谋，独当一面。而窝阔台之子合丹是参与拥戴我为汗的西道诸王之首，威望自然高于敌方首领浑都海。

事后廉希宪曾自劾擅杀刘太平、擅自征调军队和擅委汪良臣为帅之罪，我则赞励他道："卿等古名将也，临机制变，不遗朕忧，大丈夫事也！"

我和阿里不哥两汗争雄的战争打了四年。他靠的是所掌握着的漠北大部分蒙古诸千户的军队，我麾下的军队主要限于漠南，在军力上与其相比处于劣势。但漠南汉地给予我在经济和政治上的支持，使我最终击败了阿里不哥。对于这场战争我不愿详述，毕竟是兄弟阋墙，手足相残。我想说的是，即便是在这样你死我活的争斗中，我对阿里不哥始终还抱有着一份长兄对幼弟的怜惜之情。

当我率军亲征和林，阿里不哥败走之后，害怕我的军队继续追剿，于是派急使来请求我的宽恕，信上说："我们这些弟弟们有罪，他们是出于无知而犯罪的。你是我的兄长，可以对此加以审判，无论你吩咐我到什么地方，我都会去，决不违背兄长的命令。等我养壮了牲畜就来见你。"

对此我的回答是："浪子们现在回头了，清醒过来，聪明起来，回心转意了，你们承认自己的过错了，我还要怎样惩罚呢？"于是我命令移相哥率十万军队留守和林，自己南返驻冬于燕京近郊。

冬去春来，夏繁秋硕。翌年，当阿里不哥把他的马群养肥了之后，不是前来认错，而是以诈降的方法再次前来攻打我的军队。驻守和林的移相哥信以为真，放松了警惕，遭到阿里不哥的突然袭击，兵败溃散。阿里不哥重新收复和林，并且穿过草原南下直趋我的开平之地。十一月，我率大军与阿里不哥在昔土木激战。当他们被击败向北逃窜时，我说："不要去追他们，他们都是些不懂事的孩子，应该使他们明白过来，后悔自己的行为。"

但是阿里不哥的悔悟太晚了，直到四年后的七月，在众叛亲离、走投无路的情况下，才不得不南来归降。当他到达上都开平的时候，我降旨聚集排列了很多军队，命令阿里不哥按照草原上有罪人请罪的习惯，披着大帐的门帘入帐觐见。为了惩罚他的过错，起初只允许他站在侍从们所在的地方。经过塔察儿的请求，我同意他与宗王们同坐，并一起宴饮。宴饮所用的酒自然是很好的酒，但喝在我的嘴里，却有一种苦涩的味道。我想在阿里不哥嘴里，那味道一定更苦吧！

望着这位在疆场上与自己操戈对抗了四年的同胞幼弟，想起父亲拖雷去世后我们和母亲一同度过的风风雨雨，我酒入肺腑，泪流面颊。阿里不哥也是泪流满面。我擦去泪水，打破沉默问他："我亲爱的兄弟，在这场纷争中谁错了呢？是我们还是你们呢?"

阿里不哥答道:"当时是你们,现在是我们。"

这就是阿里不哥的性格,他的降投得是有保留的。虽然他在两雄相争中已经一败涂地,但对自己最初在漠北称汗,并不认错。作为兄长,就让我容忍他这一点儿仅存的骄傲吧。

但是纵容和帮助阿里不哥与我对抗的他的那些部下,不能不得到严厉的审判和处罚。是时被拘捕的阿里不哥党羽有千人之多,究竟如何处置,我曾犹豫不决。我向参与审讯的安童问计:"这些叛党是不是都应该杀掉呢?"安童回答说:"人各为其主啊,陛下甫定大难,仅因他们忠于阿里不哥而杀掉他们,以后怎样对待还没有成为您属下的那些人呢?"我采纳了他的意见,最后只将其首犯十名处死。

鉴于都是成吉思汗的子孙,投降了的阿里不哥得到了宽恕,我赐予他自由。但是阿里不哥已经尝到过大汗那无所不欲的权力味道,普通人的自由,已经无法安抚他那颗不甘的雄心。第二年秋天,我的幼弟就患病死去了,我想那是死于抑郁。当然,也会有人说阿里不哥是被我害死的。既然我这个大汗的地位在有些人的心中都是不被承认的,那么,是非曲直,也只好任人评说了。

# 十三

我忽必烈是一个蒙古人。

我的权力来源于圣祖成吉思汗的神圣血统。

我在黄金家族成员对最高权力的角逐中获胜，成为大蒙古国的大汗。

但我的即位诏书，是我的汉人幕僚用优美的汉文字写成的。这是不是一件很有意味的事呢？

大蒙古国时期我们蒙古人是用十二生肖纪年的。从成吉思汗经窝阔台汗、贵由汗到蒙哥汗，都没使用年号。而我登上汗位一个多月之后，我的首席幕僚刘侃就帮助我模仿汉地前代王朝的制度，从儒家经典中选定"中统"一词，作为我的年号。请看《建元中统诏书》中的文句：

> 建元表岁，示人君万世之传；纪时书王，见天下
> 一家之义。法《春秋》之正始，体大《易》之乾元。
> 炳焕皇猷，权舆治道。可自庚申年五月十九日，建元
> 为中统年……

所谓中统，就是中华开统，就是华夏王朝的正统。在汉地的历代王朝中，莫不讲究谁为正统。尤其在魏晋南北朝宋辽金夏数国并立之际，正统更是各家所必争的名号。如今我以中统为年号，自然是以天下之中自命，以四海一统为目标。

四年之后，年号改为至元。十年之后，国号改为大元。

刘侃释其义：大蒙古国前四汗时期，汉人称之为大朝。我朝今取《易》之"大哉乾元"之义，定"元"为新国号，取代"蒙古"旧国号，乃因元也者，大也。大到不足以尽之而谓之元者，大之至也。

对此建议，我欣然采纳。因为"大元"不仅出自儒家经典中的至公之论，而且可与至贤三代相媲美，名正言顺地置身于夏、商、周、秦、汉、隋、唐等大一统王朝的序列。

国号变了，国都也变了。一个使用大元为国号的中央帝国，已不可能再以地处漠北草原上的和林为都城。中统四年（1263）五月，我将践祚称汗和驻跸所在的开平府定为上都。至元元年（1264）八月，我又颁布《建国都诏》，以燕京为中都，后来改称大都。和林被废弃了，改立宣慰司管理。在许多留在漠北的蒙古人看来，这是我这个大汗对草原中心传统的背离。同时被我废弃的，还有过去蒙古人觐见时的那种情景：遇到称贺时节，大小官吏，不分贵贱，群集在大汗帐殿前，熙熙攘攘，一片混乱。执法人员嫌人员过多，挥杖敲打驱赶，逐去复来。当四方邦国有使来朝觐时，此种场面实在有失大雅，有碍观瞻。于是刘侃又帮助我订立朝见仪式，大体是对汉、唐、金朝有关制度的承袭和变通，其内容大致是：平明设仪于崇天门外，虎贲羽林，弧弓射矢，分立东西，陛戟左右。教坊陈乐廷中。皇帝、皇后出阁升辇,升御榻。谒者传警,鸡人报时。妃嫔、诸王和丞相百官分班行贺礼。具体礼节有三鞠躬、六拜、三舞蹈、三山呼、三叩头等。当至元八年(1271)我的生日天寿节时,这些仪式正式启用。刘侃定完这些朝仪之后,对我说,当年汉高祖也是在有了这些朝仪之后,才感叹道:"吾乃今日知为皇帝之贵也!"

我笑道:"汉高祖的眼界太小了吧,朕岂是这样?"

刘邦出身一个小小亭长,初见皇帝的朝仪,自然喜出望外。而我作为成吉思汗的嫡孙,蒙古大汗至高无上万民匍匐的场面早已见怪不怪。新立的朝仪,只是将这种情形规范化了而已。

还是说说我即位以后的得意之举吧。

因为我已不仅仅是蒙古人的大汗,还是汉人的皇帝,我自然不能只关心草原游牧,而不管汉人的农桑之事。即位伊始,我便诏告天下:"国以民为本,民以衣食为本,衣食以农桑为本。"中统二年(1261)八月,我命令设立劝农司,派员分道检查农业生产。至元七年(1270),又置大司农司,以提议人张文谦为司农卿,专掌农桑水利之事。(张文谦与刘侃是邢州故旧,他们还有一个邢州故旧叫张易,都由刘侃推荐来到我的麾下效力。张文谦长于文,张易重于武,二张都是我器重的汉臣。至于张易后来卷入击杀阿合马事件被我处死,那是令人唏嘘的后来故事了。)

劝农司奉我的命令,根据各地情况,拟定和颁布了农桑之制十四条,以为规则。在此基础上,遍求古今所有农家之书,披阅参考,删其繁重,撷其切要,最后汇编成一部《农桑辑

111

要》，推广了先进的农业技术。在乡间村疃，又实行五十家立一社，择年高晓农事者为社长，以敦本业，抑游末，设庠序，崇孝悌。北方的社，建立于至元七年（1270）。平定江南后，社这种形式也推广到南方。我说过这样的圣谕："立社是好公事也！"

我还有一项措施，是为蒙古人所不满，却为汉人所称道，即：禁止占农为牧，禁止损害庄稼。蒙古入主中原以来，诸王贵族和蒙古军队占据大量农田，不耕不稼，谓之草场，专用牧放牲畜，这种景象随处可见，无疑造成中原农耕的萎缩凋敝。我屡次下令，严格限制诸王贵族和蒙古军队的牧地范围，禁止强占民田为牧场。从至元二年（1265）开始，我还将黄河南北荒芜田土和僧侣所占良田，分配给蒙古军士等耕种，于是迁居汉地的蒙古人也学会了从事农桑。

要发展农桑，自然要兴修水利。中统二年（1261）提举王允中、大使杨端仁奉我的诏令，开凿广济渠，引沁水经济源、河内、河阳、温、武陟五县，达于黄河，全长六百余里，灌溉民田三千余顷。翌年，又命习知水利、巧思绝人的年轻人郭守敬为提举诸路河渠。至元元年（1264），张文谦偕郭守敬行省西夏中兴，修复疏浚唐来、汉延二渠，灌溉田地近十万顷。十余年后，我的劝农桑之举功效大著，民间垦辟种艺之业，增前数倍。野无旷土，栽植之利已遍天下，以齐鲁之地最为繁盛。

与振兴农桑相媲美的，是中统和至元之初的财赋整顿。这方面的事，我借重的是王文统。早在我领兵渡江攻鄂之际，刘侃和张易就向我举荐道："山东王文统，才智士也。"这个王文统确实是个奇才，年轻时曾搜集阅读历代奇谋诡计之书，好以言撼人。生当乱世，王文统以布衣身份游说各地掌兵诸侯，受到益都世侯李璮的赏识，留为幕僚，听其谋划决策军旅之事。王文统足智多谋，帮助李璮从南宋军队处夺取了久攻不下的涟水和海州，声名大噪。当我即位之始用人之际，立刻将王文统提拔至朝廷，授以中书省平章政事，命其掌管日常政务和财务，凡民间差发、宣课盐铁等事，都委派他裁处。我对王文统的经邦理财之术非常赏识，有相见恨晚之叹。念及所忙事多，特许他不必劳于奏请，平时可运筹于中书省，遇有大事向我面陈即可。

王文统的理财在三方面卓有成效。一是整顿户籍和差发，自中统元年始由他主持对汉地的户口进行整理和分类，改变了蒙古国时期户籍归属和差发征收的混乱状况，国家得以直接控制较多的户籍和赋税；二是食盐榷卖，使国家获得了一项稳定可观的财赋来源；第三则是推行中统钞。窝阔台汗灭金之后，各路都在本境内使用自己的纸钞，国家没有统一的钞，造成混乱和不便。中统元年，王文统主持的中书省在全国发行中宝交钞，同时废罢了各路原先使用的钱钞。中统钞之行有六七项便利，如经费省，银本常足不动，伪造者少，公私贵贱，爱之如重宝，行之如流水。对于这种不同于银两的纸币，从西方来的马可波罗在他的《游记》中这样记述：

在汗八里城中有大可汗的造币厂。……采取桑树的皮等物质和胶一齐捣成糨糊，然后卷成薄片，切成大小不同的小块，但全是长方形，所有这些大小纸块上，全印着大可汗的图章。你们必须知道，所有那些钱发出去和纯金纯银有一样的势力和威严。大可汗造出如此之多的纸币，能够拿它付换世界上所有的钱币……在他所统治的地区，这纸币通行使用。在他所辖的各国各民族中，皆愿意接受这纸币，偿付各种款项。因为他们无论到了什么地方，总能用它购买一切东西，如各种货物珍珠、宝石和金银等物。

虽然我的老师姚枢对王文统的人品颇有微词，认为他才有所盈，德有所缺，政见也不尽相同，但对王文统在中统年间理财的评价是："民安赋役，府库粗实，仓廪粗完，钞法粗行，国用粗足，官吏转换，政事更新。"这种评价是公允的。

中统二年（1261）五月，我命王文统主持的中书省与前燕京行台当面对检所掌财赋数额。结果，以上年比中统元年，数虽多而实际收入少；而以中统元年比上年，户数相同而实际收入多，王文统的理财政绩，明显超过前燕京行台。二十多天后，燕京帑藏财富运至上都，我亲往观看，喜悦之情溢于言表：自祖宗已来，从没有见到这么多的钱啊！我对陪我前往的廉希宪感叹道："吏弛法而贪，民废业而流，工不给用，财不赡费，这是先朝经常遇到的烦心事。自从有了你们这一批股肱之臣来做我的卿相，朕就可以不再为钱的事而烦心了！"

确实，因为有了善于理财的王文统，我这个蒙古的大汗和汉人的皇帝可以不必为朝廷缺钱而烦心了。但是，很快就有比这更大的烦心事凶猛地袭来，不是因为钱，而是因为人。因为人心难测，最终导致我不得不杀掉了这位惊世奇才王文统！

这就是汉世侯李璮的叛乱。

# 十四

说说汉世侯和李璮吧。

汉世侯的形成，起于我祖父成吉思汗委派中原国主木华黎经营燕赵、山西等地。木华黎为了有效地与金、宋对抗，将这一地区内有实力的汉人武装首领封为万户，并允许他们世代相袭，管军治民，所谓世侯。重要的汉世侯有史天泽、张柔、刘黑马等。李璮也是其中之一。自我经营漠南以来，对诸路汉世侯多有倚重，而他们也依附于大蒙古国得以安身立命。在我与阿里不哥两汗争雄的战争中，汉世侯们对我的支持功不可没。但在这些汉世侯中，李璮却是一个异数。

蒙哥汗兴兵伐宋那一年，几乎所有汉军万户均受命领兵参战，唯有李璮亲见大汗，说其所处之益都（山东青州）乃南宋之航海要津，不便分军随大汗西征。蒙哥汗不得不答应他的要求，只让他在其所在地配合伐宋。李璮回去后发兵攻取涟水等四城，但其捷报显有夸大之处。中统元年我即位后，为稳住这位地处益州的汉人万户，加封其为江淮大都督，希望他能感恩知报。但他却一次次找借口向朝廷要钱、要粮、要兵器，名为拒宋，实为坐大自己。

中统二年（1261）冬，阿里不哥降而复叛，我被迫再次御驾亲征，蒙古军的主力和几大汉军万户的兵力都被调往北方应战，正在此时，李璮起兵叛乱了。起兵时，他不仅杀掉了嫁给他为妻的我蒙古王公塔察尔之妹，还杀掉了在他控制下的所有蒙古军人。他以献出涟水、海州等三城为条件，向南宋称臣，换取了保信宁武节度使和督视京东河北军马、齐郡王的官爵。南宋理宗闻讯大喜，赋诗以贺，诗曰："力扶汉鼎赖元勋，泰道弘开万物新。声暨南郊方慕义，恩渐东海悉来臣。"

而李璮自己也有反词明志，词曰：

> 腰刀首帕从军，戍楼独倚间凝眺。中原气象，狐居兔穴，暮烟残照。投笔书怀，枕戈待旦，陇西年少。叹光阴掣电，易生髀肉，不如易腔改调。
>
> 也变沧海成田，奈群生、几番惊扰。干戈烂漫，无时休息，凭谁驱扫。眼底山河，胸中事业，一声长啸。太平时、相将近也，稳稳百年燕赵。

词写得如何，我这个蒙古人不便置评。气魄似乎不小，志在百年燕赵。可惜的是，李璮毕竟志大才疏，且目光短浅。他的一声长啸确是发出来了，但眼底山河，胸中事业，不过是延续了仅仅四个月的一枕黄粱。

得到李璮叛乱的消息时，阿里不哥已兵败放弃和林，率领其军转而去进攻与我结盟的察合台汗国。我本当乘势占领和林，并继续追击阿里不哥，此时却不得不立即从和林撤兵返回开平，并立即派蒙汉大军直接转师向南，赶往山东讨逆平叛。

在回军的路上，我问计于姚枢，李璮此反，会采取什么样的军事方略？

姚枢设身处地思考之后，说李璮有上、中、下三策可选。

我问其上策如何？

姚枢说，此时蒙古军主力正倾力于漠北，假若李璮乘此机会濒海直捣燕京，控扼居庸关，拒蒙古军主力于关外，将惊骇人心，使中原震动。置我朝于被动之态，对他而言，这是上策。

我问中策怎样？

姚枢说，益都与南宋为邻，李璮如果与南宋联合拒我，据守益都，则可为持久之计。此后可视其便出兵扰我边地，使我疲于奔命，此为中策。

我又问什么是他的下策？

姚枢笑道，济南虽为山东的中心，却无险可守，四面受敌。如果李璮出兵占济南，等待山东、河北等处汉人武装响应援助，此为下策，必将束手就擒矣！

李璮将出何策呢？我问。

姚枢说，此人气焰虽炽，但胸襟有限，不过一豪赌之徒而已。行上策其无胆，行中策其不甘，是必出下策的了。

后来的事情，果如姚枢所言。

为了平定李璮之叛，我派出十七路大军，几乎调动了山东、河北、山西、燕京等北方地区所有的兵力，并先后任命了三位统帅。中统二年二月丙午，命蒙古王合必赤总督诸军；同时命近侍赵壁行中书省事于山东。夏四月，又诏右丞相史天泽专征，诸将皆受其节度。对派出三位统帅，并向赵壁和史天泽各授密诏的做法，有人认为我用人不一，是为人君者的控御之术。平心而论，控御之术有吗？我承认有。在此之前，我对所有汉人幕僚臣下都信任有加；但在李璮叛乱之后，我对掌兵在手的汉人世侯，还能像原来那样无条件地信任吗？能够继续给予信任的，也只有像姚枢、刘侃、窦默这样几位只讲理义、不谋利益的正人君子了。但将兵权分而授之亦非刻意而为，因为即时派出的讨伐军队分为蒙古宗王、朝廷侍卫和汉世侯军队这三部分。合必赤、赵壁和史天泽，本来就是这三部分军队的首领。我在和林得知李璮叛乱的消息，即命各路蒙汉大军直接转师向南，并命令合必赤总督诸军。急切派兵前往平定这一汉人的叛乱，自然要委命一名蒙古宗王来统率三军。其后再命我的贴身近侍赵壁行中书省事于山东，并密诏许以便宜行事，此乃应急措施，希望蒙古军和汉地诸军能紧密配合，以便更好地对付叛军。此后又陆续派出十数支军队，只靠宗王合必赤已经不能尽行指挥，于是诏命我所倚重的右丞相史天泽专征，受其节度。此次平叛，名义上的最高指挥官是合必赤，在作战前线实际上的最高指挥则是史天泽。授以密诏而不出示，正是为了维护蒙古宗王的最高统帅地位。而两位汉臣的密诏，如生意外亦可彼此制约。毕竟李璮的无端反叛给了我对汉臣的信任以重重一击。敦厚如我者，亦不得不有所防范。

平叛作战的细节不必多说了，总之，在一时名将史天泽、合必赤、赵壁、张柔、张弘范、阿术、史枢、严忠济以及董文炳等的合力围剿下，短短四个月，济南城就成为一座死城。李瓒词中所云"一声长啸，稳稳百年燕赵"在哪里呢？他原本必定以为出兵济南登高一呼，各地汉世侯必将群起而应，蒙古人的统治就会土崩瓦解，他由称雄一方的汉世侯成为占有燕赵的开国帝王。没想到一声长啸呼出，四野寂然。随之讨逆之师纷至沓来，枭雄李瓒在城中粮尽援绝，士卒离散，众叛亲离，不知作何感想，只是悔之已迟。

末日来临，李瓒手刃爱姬，乘舟入大明湖。此时城门已破，讨逆大军已经入城。有人发现李瓒之舟划向湖心，立即驾船追赶。李瓒见逃脱无望，纵身投入湖中，岂料水浅不能没顶，终于狼狈被擒。被押到合必赤与史天泽帐前时，李瓒立而不拜。所发生的情景，对诸位汉世侯来说，竟有些惊心动魄。

东平万户严忠范看着他问道："此是何等做作？"

没想到李瓒当即反咬一口："你每与我相约，却又不来！"

史天泽又问："忽必烈有甚亏你处，何故背主？"

李瓒立刻又反咬一口："你有文书约俺起兵，何故背盟？"

两口咬下，众汉世侯皆面面相觑，没有人再敢发问。

史天泽对合必赤道："宜即诛之，以安人心。"

合必赤亦知无法再审，同意将李瓒肢解后枭首军门。

史天泽当机立断处死李瓒，事后有蒙古将军报告于我，认为史天泽擅自杀俘，而没有按照惯例献俘于朝，是意有所亏，心有不忠。我倒认为史天泽这样做是明智之举。

李瓒之言，可以看作是疯狗临死前的狂咬几口，如果被他咬到的人我都信其不忠，岂不正中奸人之计。而被咬之人，则难免内心惶然。平心而论，燕赵中原自古是汉人之地，如果有一个强大的汉人王朝可以依靠，这些汉世侯自然不会依附于我大蒙古国。但因宋朝积弱，南宋偏安于江南，这些地方已在辽国、金国统治下动荡百年，汉世侯们已成无家之游子。我大蒙古国善待他们，他们才臣服于我。但在内心深处，汉人自古以来是排斥胡人夷狄的。在私下交往中，汉世侯之间议论朝政、诉说不满恐也难免。但此次李璮造反，诸汉世侯并无响应，且勉力参与平定叛乱，已经表明了他们的忠诚和明智。若再一个个追查下去，则是我这个大汗和皇帝的不明智了。姚枢给我讲过曹操的故事：当袁绍强大时，曹操手下不少人都和袁绍暗通款曲。当官渡之战大胜袁绍之后，有人给他搬来从袁绍处缴获的信件，他如果仔细查看，必可发现许多部下暗中通袁之幽，那些部下亦内心惶惶。但曹操却一把火将那些信件统统烧了，自己泰然，部下亦心安。这正如姚枢给我讲过的曹彬不妄杀之事。

曹彬能为之，我亦能为之。曹操能为之，我亦能为之。

李璮之乱，起于我平定阿里不哥之乱期间。平阿里不哥之乱前后四年，而平李璮之乱只用了短短四个月。但这一事件影响到了元朝整整一代，甚至影响到了元朝的兴亡。李璮造反对于我的影响，不在于造反本身，而在于我必须杀掉原本极为器重信任的平章政事王文统。与其说是李璮的叛乱对我心理上打击甚重，不如说是王文统的知奸不报使我从此在心里种下了对汉人不敢全然相信的种子。

王文统原是李璮的幕僚，也是李璮的岳丈，由刘侃和张易等人举荐为我所用。此前李璮固然待他不薄，但入朝后我待他更厚，付之以国家大事，从不怀疑其能力和忠心。当李璮叛乱发生之后，我最关心的事，就是我的这位中书省平章政事王文统，在叛乱事件中是何种角色？从我良好的愿望来说，王文统既已入朝为官，成为国家重臣，虽和叛贼有亲有故，当与叛乱毫无牵连。可是事情并非如此。

经查，李璮起兵之前先安排私驿将质于燕京的儿子李彦简召回益都，王文统当属知情，却并未奏报。并有多人举报王文统暗遣其子王荛与李璮互通消息。当我赶回朝中，立刻召见王文统，问起李璮谋反之事，王文统默然以对。

我说："你为李璮当幕僚多年，且是翁婿关系，这是天下人都知道的。你为李璮谋划的时候，都教过他一些什么策略，能导致他现在的反叛呢？"

王文统回答说："那是过去的事，臣已记不清了，请让我回去仔细想想，以书面报告面呈皇上。"

不久，王文统呈上书面报告，对于李璮的叛乱，推脱责任，表示并不知情。他意识到了如和李璮坐为同罪后果将会如何，所以在最后写道："蝼蚁之命，苟能保全，保为陛下取江南。"

江南之地，当然是我志在必得的。但当务之急，是必须保证卧榻之侧不能再有李璮那样的二心之臣。李璮叛了，王文统有知情不报的重大嫌疑，我还能依靠他为我谋划夺取江南吗？恰在此时，有人送来了王文统给李璮的书信。其中一封落款的时间正是李璮筹划起兵之时，信上只有三个字："期甲子。"

我把这封信放到了王文统面前，问："期甲子是什么意思？你能解释吗？"

王文统见信，顿时惊慌失措，冷汗袭衣。嗫嚅道："回禀皇上，李璮确实久蓄反心。因为臣在朝中，不敢即发。"

我问："你知道他有反心，为何不告发？"

他道："其实臣早就想告诉陛下把他抓起来，也是因为时机不到，比如这次陛下出兵北方，阿里不哥之乱尚未平定，臣下不敢给圣上添乱。我说期甲子，是想拖延他的起事时间。今年是壬申年，到甲子尚有三年，待时过境迁，李璮或许就自动放弃了造反的想法。再者那时北方战事想已结束，天下大定，李璮就是还想造反，也已经没有了造反的机会。"

我直视着王文统道："你可以告诉李璮三个字'期甲子'，就不可以告诉朕三个字'璮将反'吗？在你心中，究竟是以李璮的幕僚和岳丈为重，还是以国家的重臣为重？朕把你从布衣中拔起，授之国家大政之柄，待你不薄吧，你为何负朕至此？"

王文统不敢抬头看我，仍枝辞旁说，却始终不言"臣罪当死"四字。他如果这样说了，说明他真心悔罪，我或许会念其才华出众，饶他一死。但他一心只想求活，百般解释辩白，我只能打断他道："事已如此，说有何益？"

王文统的心怀不忠，让我想到了姚枢、窦默、许衡。同是汉人，但这些人是有些古板的夫子，如孔如孟；而王文统则是过于干练的能吏，如李斯、韩非。我想起此前王文统和这些人之间的过节。他们之间政见相左，立场不同。我命王文统任中书省平章政事后，窦默老夫子不怕得罪我，上书直言进谏："平治天下，必用正人端士，唇吻小人一时功利之说，必不能定立国家基本，为子孙久远之计。若夫钩距揣摩，以利害动人主之意者，无他，意在摈斥诸贤，独执政柄耳，此苏秦、张仪之流也，惟陛下察之。伏望别选公明有道之士，授以重任，则天下幸甚。"上过书奏之后，窦默老夫子还和姚枢、王鹗当着我的面指斥王文统说："此人学术不正，久居相位，必祸天下。"姚枢也说："此人学术不纯，以游说干诸侯，他日必反。"我问："那么什么样的人才可为相呢？"姚枢和窦默都说："以臣观之，无如许衡。"我当时脸上已经不悦了，许衡的品德确实高尚，但高尚到了迂腐的程度，这样的人在皇帝面前讲讲正诚修齐平治的道理是可以的，但是他会理财吗？能给我带来国家所急需的财政收入吗？姚枢、窦默、许衡，他们都是受我尊敬的道德君子。而王文统，在道理层面上自然无法与这几位老夫子相比，但是他理财有术，经营有方。从长远计，我当取道而弃术；但从眼前利益计，我不得不远道而近术。只可惜这个王文统心怀二志，最终被老夫子们不幸言中。

这些道德大子们排斥功利之徒王文统，王文统又何尝不排斥他们呢？为了怕这几位老资格的先生干扰他的施政，他建议我授姚枢为太子太师，授窦默为太子太傅，授许衡为太子太保。汉人的文字真是博大精深，不就是皇帝长子的老师吗？就弄出了太师、太傅、太保三个好听的官名。他想用这貌似尊崇的三个职位，把这三位进谏之臣从皇帝身边赶到太子那边去。谁知这三人心知肚明，坚辞不就。窦默的理由是："太子位号未定，臣不敢先受太傅之名。"我知道他们的请辞，是不愿让王文统的安排得逞。于是我只好改任姚枢为大司农，任窦默为翰林院侍讲学士，任许衡为国子监祭酒。和王文统不睦的还有张文谦。王文统任中书省平章政事时，张文谦为左丞，与他同署办公，二人政见相左。王文统认为大汗新即位，诸政待举，理财是当务之急。张文谦则认为大汗新即位，恤民才是当务之急。二人在我面前时常争得面红耳赤。王文统口才胜过张文谦，再加上那时我也亟须解决财政问题，在仲裁时自然偏向王文统。张文谦感到不安，要求朝官外放，宁愿到地方去当一个安抚司事。

现在王文统出事了，我召来了我的一干老臣姚枢、窦默、刘侃、王鹗、张柔等，还有外放大名的张文谦，问他们王文统该当何罪？这些跟随我多年的老臣们，没有一个帮他说话的，于是王文统也就死定了。王文统的罪名，自然是参与李璮叛乱，知奸不报。但在另一方面，儒臣们无人为这一理财能臣的免死做一点儿努力，说明了在为政观念上的义利之争，有时竟是生死之争。王文统的死，似是一种宿命，此后几位理财能臣，阿合马、卢世荣和桑哥，都没有走出这种宿命。

# 十五

　　我们蒙古人兴起于中国的北边草原，骑着骏马所向披靡，在几十年的时间里，先后征服了原先属于辽国、金国、西夏国和大理国的大片上地。在蒙哥任大汗的时期，征服南边仅剩的一个南宋王朝已成为既定国策。但因为蒙哥汗的意外死亡，这个进程中断了。接下来就是我和阿里不哥兄弟争夺汗位的四年战争（其间还发生了李璮叛乱）。在这种情形下，我并不希望同时开辟南北两个战场，所以在登上汗位的第二个月，即中统元年四月底就派遣深受我信任的翰林侍读学士郝经为国信使，佩金虎符出使南宋，一则告知对方忽必烈已登上宝位，二则希望就履行此前鄂州和议中南宋割地、纳币等承诺进行谈判并签订和议。如果这个和议签订了，我想南宋的覆灭就不会如此迅速。我们蒙古人固然凶悍，凭着快马弯刀长箭征服了一国又一国，但是背信弃义，却不是我们的民族性格。比如当年圣祖成吉思汗远征花喇子模，起因是他们杀掉了我们的商队。正是这一意外事件才把蒙古人的攻击潮头引向了大地的西方，并由此一发而不可收。如果不是因为花喇子模人的背信弃义，蒙古人征服中亚和西欧的历史可能会重写。同样，如果不是因为南宋当权者的背信弃义，南家思这个王朝的结局也许会有所不同。但历史既已形成，就只能有一种模样，其他的结果只能说也许或可能了。

自从在小濮会议上发表了治国用兵的高论，郝经就成了我身边的心腹重臣。在我属意由他出使南宋时，有人认为这不是一个好差使，劝他道："宋人谲诈叵信，盍以疾辞。"其实称病不去并非借口，郝经确实身体不好。但郝经却说："自南北构难，江淮遗黎，弱者被俘略，壮者死原野，兵连祸结，斯亦久矣。圣上一视同仁，务通两国之好，虽以微躯蹈不测之渊，苟能弭兵靖乱，活百姓生灵与锋镝之下，吾学为有用矣！"

我想身为蒙古国使臣的汉人，郝经是真诚希望能与南面的那个汉人王朝达成和约，救民于水火的。在他辞行时，我将朝中最珍贵的葡萄酒亲赐给他，嘱托道："朕初即位，庶事草创，卿当远行，凡可辅朕者，亟以闻之。"郝经留下的立政大要，我大多采纳了。但他的出使任务，却因北南两方皆有人从中作梗而失败了。

在北方这边是忌妒郝经重名的平章政事王文统和后来叛乱的李璮。郝经行至济南，山东都督李璮受王文统指使，先是写信阻止郝经出使南宋，未成，便又出兵攻宋，虽败于淮安，但这次出兵却导致了南宋两淮制置使李庭芝对蒙古人出使的怀疑，也为南宋朝廷拒绝使团进入宋都临安提供了口实。但真正阻碍了蒙宋达成和约的，是南宋的权相贾似道。因为此前，他向南宋朝廷隐瞒了鄂州议和的真相，完全不告知他已答应向蒙古国献地、纳币等承诺，反而声称是他打退了忽必烈的军队，使鄂州解围，江淮肃清，宗社危而复安成了他的再造之功。于是被蒙在鼓中的宋理宗对贾似道大加褒奖，晋其为少师、卫国公；他麾下诸将也都加官封赏。现在好了，正当这位卫国公令其亲信在编写歌颂他"解围鄂州"的盖世大功之时，蒙古人却派遣使团前来，要求宋方履行在鄂州和约中承诺的各项义务了，这如何向皇帝交代呢？办法只有一个：就是找出借口让蒙古使者见不到南宋皇帝，也让南宋皇帝根本不知道前有鄂州之约现有蒙古国出使这件事。于是贾似道命令李庭芝将郝经一行扣押在两国边境的真州，既不令其入朝，也不让其回国。

得知郝经被扣，姚枢叹道："汉朝时有国使苏武出使匈奴，被匈奴人扣押在贝加尔湖边。而今有蒙古国使郝经出使南宋，却被汉人扣押在长江边上，郝经成了当代苏武！"

苏武牧羊十九载其志不改，而郝经被扣前后亦达十六年之久。当年的苏武曾有大雁传书的故事，而我的爱臣郝经也有借大雁传书的故事。这个故事被陶宗仪在《南村辍耕录》记载了下来：

在他和使团被关押期间，有人送给他们一只大雁，郝经便把它养了下来。养熟之后，大雁见到他常常鼓翼引吭，似有所诉。郝经有所感悟，择了一日，率从者具香案面北而拜，异雁至前，手书尺帛，亲系雁足而纵之。那片尺帛上写的是这样一首诗："霜落风高姿所知，归期回首是春初，上林天子援弓缴，穷海累臣有帛书。"下款题写的是："中统十五年九月

127

一日放雁。获者勿杀。国信大使郝经书于真州忠勇军营新馆。"可怜郝经在被拘押之中不知道我登基之初的中统年号早已改为至元了。按时间算，他写书放雁是在至元十一年了。这一扣押国使事件使得蒙古国与南宋两国通好、南北议和的愿望，最终变成了大举南征的导火索。

被南宋方面扣押在真州驿馆中的郝经，一度以为是南宋皇帝不愿议和才出此下策，曾多次上书南宋皇帝，动之以情，晓之以理。其中一信中写道："……窃尝思之，本朝用兵四十余年，亦休息之时也。贵朝受兵三十余年，亦厌苦之时也。但愿贵朝能应我主上之美意，讲信修睦，计安元元，使南北之人免遭杀戮之祸。"在另一信中他写道："以干戈易玉帛，杀戮易民命，战争易礼乐，窃为陛下不取。或稽留使者不为无故，或别有盖藏之迹，也宜明白指陈，不宜摈而弗问，陈说不答，表情不报，默默而已，殆非贵朝之长策也！"

但是所有这些上书，包括蒙古国有使团出使南宋这个根本消息，都被贾似道扣押了。不知就里的宋理宗在国都临安当着他那个空头皇帝，而权臣贾似道就像一道密不透风的墙，横隔在蒙古国使者和南宋皇帝之间。这位宋理宗一直被他信任的贾似道所蒙蔽，至死也不知道贾似道在鄂州与蒙古人秘密议和的真相。宋理宗死后，贾似道以个人利益立赵禥为帝，是为宋度宗。度宗比理宗更加昏庸，竟称贾似道为"师臣"而不呼其名。更加得道的贾似道可以不上朝，但朝中大事都要由他定夺，各级官吏只好抱着文书到他家里去"上朝"，其行政用人，自然一切根据他的私意行事。这自然使得贪官腐吏鸡犬升天，而廉正之臣罢斥殆尽。可以成为国家栋梁的文天祥、叶李等人受到贾似道的压制排挤，发挥不了能臣的作用；著名将领向士璧、曹士雄也是因为看不起贾似道这个奸臣，以贪污军饷的罪名被贾似道杀害了。

汉人有一句话叫"自毁干城"，还有一句话叫"天作孽犹可违，自作孽不可活"。南宋这个王朝的毁灭，固然有蒙古国兴起的巨大压力，也在于当权者贾似道一伙的自作孽和自毁干城。且不说在贾似道的治理下南宋的四大弊端：民穷、兵弱、财匮、士大夫无耻；仅只宋将刘整的背宋降蒙，就是南宋王在毁灭之前送给蒙古人的一份大礼。

作为军人的刘整"沉毅有智谋，善骑射"。金朝末年归附南宋，隶属于荆州制置使孟珙麾下。攻打金国信阳城的时候刘整为前锋，一天夜里只率十二名骁勇战士渡堑登城擒获守将。孟珙得到捷报又惊又喜，把他比作唐朝名将李存孝，因为李存孝曾率十八骑攻拔洛阳，而刘整拿下信阳竟比李存孝还少了六人，真可谓名将再世。在抵御蒙哥大汗三路攻宋的战争中，刘整也立下战功，经多次升迁，被任命为潼川十五军州安抚使、知泸州军事。但是刘整的军功却引起了另一将领吕文德等人的嫉妒，对他的军事计划加以阻挠，对他所建军功掩而不白。在刘整受到贪污边费的诬陷上诉于朝廷时，贾似道却拒不接见。恰在此时，名将向士璧和曹世雄皆因所谓贪污军费的罪名被杀。不得已，刘整只能背宋依蒙以自保，他在中统二年夏天以泸州十五郡、三十万户投降我大元，遣使者将南宋朝廷赐给他的金字牙符和佩印献给我，并请求增加屯兵、储存粮食以为攻

129

打南宋做准备。我为了嘉奖刘整来降，特授其为夔府行省兼安抚使，赐金虎符。当宋朝军队围攻泸州准备消灭这个叛将时，刘整将府中宝器全部拿出赏给士卒以激励斗志，我方大将刘黑马也派兵支援刘整，使得宋军败回。次年五月，南宋军队进逼成都，刘整驰援，宋军退去转攻潼川，被刘整在锦江一带打败。中统三年，刘整入朝觐见，我改授他为成都、潼川两路行省，仍兼都元帅，赐予白银万两分给军士。至元三年六月，迁授刘整为昭武大将军、南京路宣抚使。至元四年（1267）十一月，刘整再次入朝，向我提出了搁置川蜀，先事襄阳，浮汉入江，从中间突破南宋防线的战略建策。此时，阿里不哥已经投降，我家族内部的纠纷已经结束，而蒙宋和约不但没有达成，反久扣国使郝经不释，这使我必须恢复前任大汗蒙哥征讨南宋的计划了。

襄阳和樊城跨连荆豫，控扼南北，兵家必争，这已成为朝中不少人的共识。但又因为其易守难攻，一时还形不成战略决策。刘整在南宋长期任职于荆湖、四川，对南宋军队防御的虚实了如指掌，他认为如果选择从中路渡江攻打南宋的方案，就必须首先拿下襄、樊二地。当朝中有人认为大举攻宋的时机尚不成熟时，刘整再次上奏道："自古帝王，非四海一家不为正统。圣朝国号从中统改为至元，现已有天下十之七八，何置一隅不问，而自弃正统邪！"姚枢也说，天下一统，四海一家，是中国这个地方自古以来的传统。南宋是汉人的皇帝，自然会被汉人认为是中国的正统所在。蒙元虽然占据了中国的十之七八，但不灭南宋，就不会被汉人认为是天下的正统。而利用南宋王朝主弱臣悖之际混一天下，不正是元朝开国大汗和皇帝千载难逢的良机吗？再说，派去议和的使团被南宋当局久扣不放，还有比这更好的开战理由吗？

于是至元五年（1268）正月，我命令陕西五路和四川行省建造战舰五百艘交付刘整，为进攻襄、樊做准备。六月，立东西两川统军司，任命阿术为征南都元帅，刘整为镇国上将军、都元帅，分别率领蒙、汉陆、水大军五万进围襄、樊。

蒙古骑兵纵横天下，长于野战；汉军步兵长于步战和攻城。但面对滔滔江水和敌人的战船，我那些从北方带来的蒙、汉大军并非所长。刘整向我献策：若胜南军，必当教以水军，以造战舰为先务。我认同了这个策略，派董文炳与汉军万户李庭、水军万户解汝辑率两万两千步兵和原来已有的一支水军前往襄、樊前线听从调遣。刘整等日夜加紧训练，组成了一支强大的水军。从此，蒙古国的军队将以舟船为骏马，河湖为战场了。水战本是宋军之长，但随着刘整等人的背宋投蒙，两军的长短却是彼消此长了。

一场襄、樊攻守战打了五年，具体战事，用不着我这个大汗和皇帝来描述。我想说的只是一点：用人。随着蒙古水军的战斗力越来越强，困守襄、樊的宋军越来越趋于弱势，他们知道，这都是因为南宋把最得力的大将赶到了蒙古一边所致，于是开始把功夫下在刘整身上，希望能拉回刘整。南宋荆湖制置使李庭芝建议朝廷封刘整为卢龙节度使、燕郡王。能拉回刘整固然好，拉不回，也可使一个反间计，借蒙古人之手除掉刘整。于是南宋那边派了永宁寺的一个和尚为密使，带着金印、牙符和李庭芝的书信来招回刘整。当然，这个当密使的和尚被抓获了，或者说他的使命就是被抓获。

面对着南宋方面带给刘整的金印和牙符等物，我需要做一个判断：在经历了李璮叛变之后，我还能不能相信这个从南宋投靠过来的叛将刘整？负责处理此案的是姚枢和张易。姚枢在把这些证物送到我面前时，别的什么也没说，只说了一句话："当年谈古论今时，臣曾说过三国时赤壁大战，蒋干盗书曹公中计的故事，皇上还记得吗？"这个汉人历史中的经典故事我当然记得，曹操率优势水军与东吴对阵时，正是因为中了周瑜的反间计才痛失好局。

我抖抖李庭芝的那封招降信说："这位蒋干不是来盗书，是来送书的。你认为南宋那边还有堪比周瑜的人物，可以改变战局吗？"

姚枢说："南朝从来就不缺人才，堪比周瑜的人物是有的，只是不为朝廷所用。如今朝中，只有一个贾似道遮天蔽日。大厦将倾，他还在那里日夜淫乐；国门将破，他还在那里纸醉金迷。若不是被那帮权奸逼迫，刘整怎会弃宋投蒙？只要我们这里不犯错误，南宋的覆灭是早晚的事。"

对于贾似道的传闻，这几年来我听到了不少。据说这位权相十天半月才上朝一次，在襄、樊战事对宋军越来越不利的情势下，他最大的爱好竟是躲在家中指挥一种名叫蟋蟀的小虫互相厮杀，胜者封为大将军。有这样的人在蒙蔽帝王，管理国家，那么南家思确实就是长生天送给我们蒙古人的一份厚礼了。但我关心的是，南宋那边堪比周瑜的人是谁？

文天祥。姚枢说出这个名字。日后，我将认识这个在南宋汉人中最了不起的人物。但眼下的关键，还是如何看待刘整。

我让张易到前线去传刘整来见我。刘整看了那封信和金印牙符，跪拜之后抬头看着我说："宋怒臣划策攻襄阳，故设此计以杀臣，臣实不知。"

我看着刘整，以蒙古人的直觉，他的眼神是可信的，于是我安慰他道："卿不必着急，你可立即给李庭芝回信。他可以招降你，你亦可以招降他。"

站在一旁的姚枢大大松了一口气。

于是刘整当庭提笔给李庭芝回信道："整受命以来，唯知督厉戎兵，举垂亡孤城耳。宋若果生灵为念，当重遣信使，请命朝廷。顾为此小数，何益于事！"

我赏赐了刘整，让他重回前线对宋作战。

而南宋朝廷对待襄、樊战事是何种态度呢？后来我听说，襄、樊守将吕文焕的告急文书不断飞入贾府，贾似道照样在斗他的蟋蟀。有一天贾似道去朝见宋度宗，皇上问："听说襄阳已经被围三年了，丞相你看怎么办呢？"

贾似道依然说北兵早已退走了，却问皇上是怎么知道这件事的？

可怜的皇帝说，刚才听有个宫女提起此事。于是贾似道立刻查出了这个宫女，说她行为不检，赐其自杀。从此之后，再也无人敢提边疆战事。

在南宋的反间计面前，我选择了信任刘整，而刘整也以他的效忠和战绩报答了我。回前线后，他向我提出了新的作战方略："襄、樊相为唇齿，故不可破。若截江道，断其援兵，水陆夹击，樊必破矣。樊破则襄阳何所持？"我采纳了他的意见，先集中力量攻破樊城。同时也采纳了蒙古将军阿里海牙的建议，用西域人所献的新炮法，建立了一支炮军。这种新型大炮

133

发出的石弹重达一百五十余斤，发炮声震天动地，所击无坚不摧。不久，樊城被攻陷，襄阳成为一座孤城。守将吕文焕的告急文书传到南宋朝廷，贾似道却依然在玩他的两面派把戏：一面对皇上说要亲率中央禁军去解襄阳之围，另一面却指使他的死党们一次次向皇帝上书，说朝中离不开贾似道，贾似道不能离开京城。直到襄阳陷落，贾似道还是只在临安指挥他的那些蟋蟀士兵相斗。当襄阳投降的消息传入京城，贾似道对宋朝小皇帝说："臣始屡请行边，陛下不之许。向使早听臣出，当不至此。"

权臣如此无耻，皇帝如此无用，南宋当然也就无可救药了！

当时江南一带传有民谣曰："江南若破，百雁来过。"

或许当再一次北雁南飞时，南宋苦守的这半壁江山也就将拱手送给新兴的大元了。

# 十六

至元十一年（1274）年正月，在刘侃的设计与监造下，大都宫阙建成。作为元朝世祖，我在大明殿正式接受皇太子、诸王和百官朝贺。而南下灭宋，则成了这次朝贺的主题。

阿里海牙出班奏道："襄阳，自昔用武之地也，今天助顺而克之，宜乘胜顺流长驱，宋可必平。"负责南征的两位都元帅阿术和刘整也分别奏道："宋兵弱于往昔，失今不取，时不再来。""襄阳破，则临安摇矣。若将所练水军，乘胜长驱，长江必皆非宋所有。"

自窝阔台大汗出兵伐宋，至今已数十年了；蒙哥大汗亲征伐宋身死军中，至今也近十年了。如今终于攻克襄、樊，打开了南下灭宋的门户。但南家思这个汉人政权，依然是大元朝最顽强的对手。从历史看，两宋建国三百余年，百足之虫，死而不僵。从军力看，南宋仍有水陆大军七八十万，仅襄、樊一地，在朝廷如此腐朽的情况下，依然坚守了五年。我大元朝能否彻底战胜它，混一四海，再统中华，也还在两可之间。几位南征主将的建议固然使我大受鼓舞，但事关重大，不能轻易拍板。当年蒙哥大汗损兵折将身死异域，不就是因为过于自信和轻率吗？为君之道，不在亲征，而在择帅。要担负灭宋大业，还需要找一副比阿术、刘整和阿里海牙等悍将更为稳妥可靠的肩膀。

为此我召问了深得我信任的汉人老帅史天泽，他进言道："此国大事，可命重臣一人如安童、伯颜，都督诸军，则四海混同，可计日而待矣。臣老矣，如副将者，犹足为之。"姚枢上奏道："如求大将，非右丞相安童、同知枢密院事伯颜不可。"我的帝师八思巴也为我求佛问卜，得到的结果是伯颜乃将帅之才，足以担当灭宋大任。数位重臣都推荐安童与伯颜，可见此二人在他们心中的分量。

安童是成吉思汗任命的中原国主木华黎的四世孙，是我信任的大将霸突鲁的养子，而霸突鲁的夫人与察必是亲姐妹，有这样的渊源和关系，安童自然值得信任。但他主要是在宿卫军和中书省任职，能否指挥大军作战尚未可知。而伯颜是成吉思汗的大将阿剌黑之孙，自幼便随其父在旭烈兀麾下征战西域，其战争经验自非安童可比。而他的名字伯颜又和江南民谣中的"百雁"相合，或许暗示了能够为我大元平定南宋的那个人就是他。

当刘侃把主要精力用于元大都建设时，他推荐了一位阴阳术士田忠良为我占卜吉凶，料事多中。一次我带着众臣狩猎，对他说起："今拜一大将取江南，朕心已定，果何人耶？"田忠良此前并没见过伯颜，但他环视左右后，目光落定在伯颜身上，答曰："此人是伟丈夫，可属大事。"

至元十一年六月，我向蒙汉将士正式颁发了讨宋诏书，书曰：

爰自太祖皇帝以来，与宋使介交通。宪宗之世，朕以藩职奉命南伐。彼贾似道复遣宋京诣我，请罢兵息民。朕即位之后，追忆是言，命郝经等奉书往聘，盖为生灵计也，而乃执之，以致师出连年，死伤相藉，系累相属，皆彼宋自祸其民也。襄阳既降之后，冀宋悔祸，或起令图，而乃执迷，罔有悛心，所以问罪之师，有不能已者。今遣汝等，水陆并进，布告遐迩，使咸知之。无辜之民，初无预焉，将士毋得妄加杀掠。有去逆效顺，别立奇功者，验等第迁赏。其或固拒不从及逆敌者，俘戮何疑。

这封由赵壁起草的诏书很得我心。

七月，伯颜前来陛辞。我对他道："当年我受命征大理时，姚枢对我说，宋太祖派曹彬平定南唐，曹彬严格纪律，攻克南唐都城金陵，俘虏了南唐后主，但未尝妄杀一人，市不易肆。当时绰号为廉孟子的廉希宪也说：孟子云，不嗜杀的人才能统一天下！我对姚枢等的回答是：'汝昨夕言曹彬不杀者，吾能为之！'现在轮到我来对你说：昔曹彬以不嗜杀平江南，汝其体朕心，为吾曹彬可也！"

九月，伯颜督率诸军至襄阳，兵分三路大举攻宋。这时南宋总兵力仍有七十万，数量上并不比元军少，但因政治腐败，军心涣散。自从襄、樊失守后，更是完全处于被动防御之势。

此时对于我方来说，由于北方有昔里吉和海都诸王叛乱，不能将所有兵力用于南征，但南征军队攻下襄、樊后士气正旺，可以集中兵力用于主攻方向。

南宋固然有贾似道这样的权奸祸国殃民，但也并不都是自毁干城之人。其京湖制置使汪立信就向当道的贾似道上书以图救国于危亡。他写道："今天下之势十去八九，正是上下互相勉励，以延续天命之机，重惜分阴，趋事赴功之日。而我朝君臣依旧酣歌深宫，啸傲湖山，玩岁愒日，缓急倒施。若想上当天心，下逐民意，临危却敌，不亦难乎！若想挽江山于既倒，目前只有三策：

"从现有的七十万军队中，除去老弱，选出英勇善战者五十万人沿江布防。而沿江之守不过七千里，若距百里而屯，屯有屯将，十屯为府，府有总督，其尤要害处，辄三倍其兵。无事则泛舟长淮，往来游徼，有事则东西齐奋，战守并用。刁斗相闻，馈饷不绝，互相应援，以为联络之固。此为上策。

"久拘对方聘使，无益于我，徒以敌得以为辞，请礼而归之，许输岁币以缓师期，不二三年，边遽稍休，藩垣稍固，生兵日增，可战可守，此中策也。

"二策果不得行，则天败我也，若衔璧舆衬之礼，则请备以俟。这就是无可奈何的最下之策了。"

虽然作为敌对方的首领，当我得知汪立信上书的内容，也不禁动心动容。但贾似道不仅不加理睬，反而因其有一只眼有微眇之疾，骂他："瞎贼狂言敢尔！"并说，"岂不闻童谣：'江南若破，百雁来过？'我已找算命大师算过，除了生有百眼之人，谁也灭不了大宋！蒙古人就算有三头六臂，莫非有百眼怪人乎！如无，苍天岂能灭宋？"

贾似道是这样来解那首江南童谣的。他不知道那百雁二字，指的不是百眼怪人，而是我选中的统帅伯颜。

前面我讲到打了五年之久的襄、樊之战，不说战事，只说用人。现在讲到渡江灭宋之战，除了选对了主帅伯颜，倒也想大致说一下战事。

伯颜率军自襄阳出师后进至距郢州二十里的盐山，遇南宋名将张士杰率十万精兵和千艘战船在那里驻守。此城位于汉水北岸，以石砌就，矢石难进。而宋军在汉水南岸又筑了一座新城——新郢，并在两城之间的汉水中央插了许多木桩，用铁链相连，并配以炮弩，挡截来往船只。元军袭城，张世杰力战，盐山立而不摧。这时阿术从一个俘虏口中得知：宋沿江九郡精锐尽聚郢江东西两城，今舟师出其间，骑兵少得护岸，此危道也。伯颜由此想到，不如转锋侧行，取道黄家湾堡，那里东有河口，可由其中拖船入滕湖。而从滕湖到汉江，其间只有三里陆地。从那里入汉江，就可绕过难以攻克的盐山和郢州。

但有不少将领认为不妥，理由是："郢城，我之喉襟，不取，恐为后患。"

伯颜道："用兵缓急，我则知之。攻城，下策也，大军之出，岂为争一城哉！"于是派名将李庭和刘国杰攻下黄家湾堡。然后命士卒砍开竹子铺在地上成为三里长的滑道，将战船拖入滕湖，绕过郢州进入汉水。

伯颜绕过郢州，顺流攻克沙洋、新城。十一月，元军兵至复州，宋知州翟贵献城投降。诸将要求清点仓库军籍，遣官镇抚。伯颜却告诫诸将不得入城，违者以军法论处。复州仍由原来的知州管理，军队驻扎于城外。

当月二十三日，军抵汉阳，伯颜前往观看汉口形势，准备渡过长江。当时南宋淮西制置使夏贵、都统高文明等以战船万艘阻拦元军去路。南宋另一都统王达以重兵驻守阳逻堡。阳逻堡是南宋江防要塞，为兵家必争，阳逻堡若失，则江防要城鄂州必不可保。伯颜先扬言要从汉口渡江，使夏贵移军支援汉口。然后以千艘鹘子船猛攻阳逻堡，攻了三天，未攻下。这次阿术也懂得了攻城乃下策的道理，向伯颜建议："分军船半之，循岸西上，对青山矶止泊，伺隙捣虚，可以得志。"伯颜道："彼谓我必拔此堡，方能渡江。此堡甚坚，攻之徒劳。汝今夜以铁骑三千，泛舟直趋上流，为捣虚之计，诘旦渡江袭南岸。已过，则速遣人报我。"

于是伯颜派阿里海牙率军进攻阳逻堡，夏贵果然率军来援。阿术则趁天黑后率军渡江，载马后随。渡江之军先为南宋都统程鹏飞所败，阿术引兵继续进攻，与之大战中流，逼退程鹏飞，登上沙洲，上岸步战，散合数次，出马急击，追击程鹏飞至鄂州东门，俘获其战船千艘。

接阿术报捷后伯颜大喜，指挥诸将急攻阳逻堡。主帅亲冒矢石，士卒无不用命。夏贵听说元军已从上游渡过长江，已无斗志，引部下三百艘战船沿江东下逃跑，剩下都统王达等所部八千人皆战死。部将要求派兵追击夏贵，伯颜笑道："阳逻堡之捷，吾欲遣使前告宋人，而贵走代吾使，不必追也！"

伯颜大军攻下阳逻堡的当天，我派出的使者也到达了军中，慰问病重于征途中的副帅史天泽，在赐予他葡萄酒的同时宣示我的旨意："卿自朕祖宗以来，躬擐甲胄，跋涉山川，宣力多矣。又卿首事南伐，异日功成，皆卿力也。勿以小疾为忧，可且北归，善自调护。"伯颜、阿术等也建议史天泽北归养病，并派他的侄子史格送他北归。史天泽回到他的老家真定后，我派御医前去探视。史天泽给我上书道："臣大限有终，死不足惜。但愿天兵渡江，慎勿杀掠。"他还献策道："江汉未下之洲，请令吕文焕率其麾下临城招降，让对方知道我大元的宽仁，善待降将，亦策之善者也。"我把他的建议派人告诉伯颜，令其认真执行。吕文焕是南宋抗元的栋梁，于襄阳失势后被我招降。荆湖一带吕氏亲族及门生故吏很多，沿江诸将多是吕文焕的部下，我听从史天泽的建议，让吕文焕任职行省招降旧部，用怀柔之策省去了许多兵火血光。汉阳失守后，鄂州成为一座孤城。吕文焕列兵城下，此时的他已从南宋的顶门柱变成了大元的撞门棰。他对守军道："汝国所持，江、淮而已。今大军渡江、淮如蹑平地，汝辈不降何待？"开始守鄂宋军仍拒绝投降，于是张弘范带兵焚烧江上的宋军舰船三千艘，火焰冲天，光照城中。见大势已去，困守鄂州的宋将张晏然、王仪、程鹏飞等终于投降。

伯颜令阿里海牙以四万人留守鄂州，进攻荆州。自己与阿术带领水陆大军并进东下。

鄂州投降后，南宋朝廷才感到了真正的恐慌。这时候宋度宗已经去世，贾似道拥立全皇后的幼子赵㬎为宋恭帝，因皇帝年仅四岁，太皇太后谢氏不得不临朝称制。此时主幼国危，内外交困，群臣纷纷上书，认为非"师相"出师不可。贾似道不得已，被迫开都督府于临安，以孙虎臣总统诸军。但他害怕刘整，不敢立即出兵，后来听说刘整已病死军中，这才率水陆大军十三万，号称百万，开赴长江前线。至元十二年正月，当初从阳逻堡逃跑的夏贵率兵与他会合，未谈军事，先从袖中取出一编书给贾似道看。那书中说："宋历三百二十年。"从宋朝开国皇帝赵匡胤建朝开始，算到当下，距三百二十之数只剩三四年了。贾似道看了，仅俯首而已。可见在他们心中，宋朝的灭亡，已是天数既定之事了。兵至吉安州，贾似道乘坐的船陷于堰中，部下刘师勇带了一千人也没有拖动，更让他以为此是天意，阻止他前进。但朝廷内外舆论的压力已使他不敢回京，只好换了一条船离开那里。到了芜湖后，他马上派人与我朝联系，企图议和。不久派宋京带了荔枝、黄柑等南方之物去讨好伯颜，提出以开庆年间约定的称臣、割地、奉岁币等为条件，双方议和。伯颜的回答是："未渡江，和入贡则可，今沿江诸郡皆内附，欲和，则当来面议也。"

贾似道这种人，视个人性命远胜国家命运，怎敢冒险前往元营？议和不成，只好布置军队，勉强抵抗。但既无信心又无勇气的抵抗完全于事无补，元军再次大破宋军，宋朝的主力十三万大军土崩瓦解于池州下游的丁家洲。

伯颜率大军乘胜东下，经采石矶直指建康。南宋沿江制置使赵缙弃城南走，都统徐王荣等献城投降，而当时在建康城里的汪立信却自杀殉国。正是这位汪立信曾向当国的贾似道提出抗元三策，被贾似道骂为"瞎贼"，弃之不用。这年二月，宋朝任命汪立信为江淮招讨使，招募兵源，负责支援江上州郡。汪立信接到诏书，立即上路，将妻子托给爱将金明，说："我不负国家，尔亦必不负我！"行至芜湖，与贾似道相遇，他用那只不好的眼睛斜视贾似道。贾似道居然也有愧色，上前拊着汪立信的背说："不用公言，以至于此！"汪立信说："平章，平章，瞎贼今日更说一句不得。"贾似道已经没有了往日的气焰，问汪立信日后何向？汪立信说："吾生为宋臣，死为宋鬼，终为国一死。今江南无一寸干净地，某去寻一片赵家地上死，第要死得分明尔！"丁家洲大战后，他在建康看到守军皆溃，四面是敌，自知回天无力，叹道："如果现在死，还是死在宋朝的土地上！"于是召集了一个酒宴，与同僚及朋友告别。他亲笔写了三份表章，送给皇上和两宫的谢太后和全太后，表示忠心和慰问。然后给其子写了一封信嘱咐家事。做完这一切后，他夜半起身在庭院中慷慨悲歌，然后三日失声不语，最终手扼咽喉而死。

一个人，被别人杀死是容易的，但汪立信这个人竟用自己之手扼住自己的咽喉而死，需要多么大的毅力啊！我闻听至此，也不禁唏嘘。

元军进入建康后，汪立信的部将金明向伯颜投降，并如实报告了汪立信的事情。伯颜身边有人说，此人宁死不降，与本朝势不两立，应该孥戮其全家！伯颜闻之却久久叹息，道："宋有是人，有是言哉！使果用，我安得至此！忠臣之家，当为厚恤！"伯颜的心，与我是相通的。

当时，江东一带瘟疫流传，百姓缺衣少粮。伯颜命令开仓救济，并派医生给予救治，建康民众大悦。当年我征伐大理时，姚枢告我以曹彬之事。如今伯颜令命南征，我又对他嘱以曹彬之事，伯颜不负我望，是为曹彬矣！

　　丁家洲之战，是元军与宋军的一场决战。从此元军横扫千军如卷席，宋朝的灭亡已不可逆转了。在南宋山河破碎、大厦将倾的过程中，身处元朝都城的我，通过各种奏报看惯了南宋王朝腐朽没落的众生相，但也看到了不少砥柱于中流，试图挽狂澜与既倒的志士身影，如汪立信等。而其中最令我钦佩的一个，当属文天祥。

# 十七

从至元十二年（1275）开始的以后十年间，几乎每一个年份，都有一些好消息和坏事情从南北两方交汇冲抵于大都和上都，让我的心情大喜大忧、大起大落、大惊大悲。

首先就是至元十二年这一年。在南方，伐宋的战事在伯颜的指挥下进展顺利，丁家洲之战后，又有火烧南宋战船的焦山之战，经此一战，南宋水师基本覆灭，长江天堑，已入我手。进军南宋都城临安，已经指日可待了。但恰在此时，在漠北草原的诸王之乱已燃起战火，并大有燎原之势。其始作俑者和从此数十年使我朝北方不得安宁的叛乱首领，是海都。

海都是窝阔台大汗的嫡孙，是在成吉思汗的军帐中长大的。因为其父合失早卒，海都代其领众，自然具有了头领的气度。当我的长兄蒙哥即大汗位时，海都保持了中立，没有参加贵由的儿子忽察和脑忽等的政变活动。蒙哥汗将窝阔台汗国一分为六，海都得以在海押立一带立国。但在海都的内心深处，想必认为他祖父窝阔台的汗位是受之于成吉思汗的遗命，并由此认为蒙古也客兀鲁思的大汗之位，应当永属窝阔台后人，其他宗室诸王都不该觊觎，所以为汗位从窝阔台家系转移到拖雷家系耿耿于怀。没有机会时，他不会像贵由的那两个儿子那样鲁莽行事；而一旦他认为时机来临，便要以窝阔台嫡孙的身份，从拖雷家系手中夺回大汗之位。最初海都的军队和臣民不多，因为当窝阔台家族成员谋叛蒙哥汗时，除了受到拖雷家系信任的阔端王子，其他人的军队都被夺走分配掉了。但海都是一个聪明、能干而有心计的人，他想办法从各处收集了两三千军队，随后遇上了蒙哥汗意外身死，我与阿里不哥两汗争雄的机会。在这场兄弟争汗之战中，海都站在了阿里不哥一方，乘机取代贵由之子禾忽成了窝阔台汗国的君主，扩大了他的势力。他并非真心拥戴我的幼弟，而是发现阿里不哥志大才疏，一旦阿里不哥夺得了大汗之位，离他海都为窝阔台家系夺回大汗之位也就为期不远了。当然，和许多北方诸王一样，他留恋蒙古人的古老传统，对于我用汉人、行汉法始终抱着对抗的态度，这也是反对我的一个重要原因。

阿里不哥战败投降后，我出于安抚宗亲的考虑，对海都并没有追究罪过，还赏赐给他许多金银财宝和蔡州之地。当我召集贵族会议时请海都及其家族前来出席，使者带去了我的话："其他宗王们全都在这里，你们为何迟迟不来？我衷心希望当面会晤，我们一起把一切事情都商议好后，你们将获得各种恩典返回去。"但桀骜不驯的海都竟以"马瘦"为借口，连着三年不来朝见，这已是违背了扎撒的忤逆行为。至元六年（1269），海都联合了西北三大汗国钦察汗国、察合台汗国和窝阔台汗国在塔剌思举行了反元同盟大会。在一星期的宴饮之后，第八天，他们按照自己的习惯和仪式嚼金起誓，约定停止三方间互相的纷争，将我建立的元朝和旭烈兀的伊儿汗国排除在外，重新划分了中亚地区的势力范围。这次会议意味着蒙古帝国事实上分裂成为若干个相对独立的小汗国。这次反元结盟中得到利益最多的自然是海都，在成为中亚细亚的主人后，海都自称大汗。

海都的兴起和西北三大汗国的联合反元，是关系到我的汗位和我建立的这个国家命运的大事。海都造反志在从拖雷家系夺回汗位，而三大汗国则公开反对我的仪文制度遵用汉法。地处西北的这三大汗国紧邻蒙古的根本之地三河源头和金山地区，截断了我的元朝与我兄弟旭烈兀的伊儿汗国以及西方交往的通道，对此我怎能等闲视之？至元八年，我诏命嫡幼子北平王那木罕驻军阿力麻里，"统领北方军队，作为防御海都的前哨基地。海都不甘示弱，在至元十一年（1274）底亲率其部下"大扰天山南路"。到了至元十二年（1275），正当伯颜率领的南征大军就要进军临安拿下南宋之时，窝阔台后王、贵由之子火忽也起而叛变，与海都联合，漠北之地，几乎尽为叛王所有。这时候从西方来的商人马可波罗叔侄三人恰好经过阿力麻里来到了元大都，他们不仅带来了那木罕的亲笔信，还带来了他们对西北方战事的直接观感。马可波罗说："海都大王势力甚强，不难将十万骑兵投入战斗，而他的部队都是训练有素、勇于作战之师。"他认为，"虽然大汗在阿力麻里一带沿国境屯驻军队以备海都，然此不足防止海都侵入大汗境内。"言外之意，在那里领兵的年轻王子不是海都的对手，军情已经很危急了！

前面刚得到江南的捷报，这里就来了漠北的警讯。北部的紧张局势令我寝食难安、坐卧不宁。南方之地，固然是从圣祖成吉思汗起就有的远大抱负；而漠北乃是蒙古人和本朝的根本之地，更不能落入叛王之手。忧虑之下，我急召当时在建康的伯颜回到上都，与他商量，南北战事，孰轻孰重？灭宋与平叛，孰缓孰急？当时我的意思是"先北后南"。让伯颜暂缓对南宋的进攻，先率大军北上平定海都之乱！

伯颜在我面前沉思良久，然后缓缓说道："宋人之据江海，今已扼其吭，稍纵之则逸而逝矣！宋朝建国近三百二十年，时已病入膏肓。不仅主幼国疑，母后干政；而且自贾似道之后，朝内无得力之臣，军中无统帅之将，实乃上天亡宋之时。我军攻克襄、樊之后，宋朝借以立国的长江天堑已成为大元军队的运兵水道。经过丁家洲和焦山之战，我元军已消灭了宋军的中央禁军和水军主力，宋人鸟兽四散。此时一鼓作气，可以势如破竹，毕全功于一役。而此前南征，并非轻松。仅襄、樊一地，就攻守长达五年！那还是因为南宋朝中贾似道弄权误国，逼反刘整，不救襄、樊，我军才攻下其城。如今贾似道失权已死，如果南宋朝廷真能起用能臣治国、名将整军，而我不能一鼓作气将其灭亡，待其得以休养生息恢复元气，再要将其彻底击败，不知将要迁延时日到何年何月了！何况从战略上看，平宋乃统一华夏之举，只有乘胜进军，方能收其全功。"

"那么北方的危局怎么办呢？"我问。

"北方诸王之乱虽然也来势凶猛，毕竟是内部叛乱，只要不危及上都和大都，就不能威胁朝廷的生存，可以缓一步慢慢解决。"伯颜看着我道，"皇上，你还记得当年南征择帅时，除了我，人选还有谁吗？"

我说："史天泽进言道：此国之大事，可命重臣一人如安童、伯颜，都督诸军，则四海混同，可计日而待矣。"

伯颜说："我已受命负责南征，北御之事，不是正好可以托付给安童吗？"

伯颜对形势的分析是中肯的，用人的建议也是可行的。于是我放弃了"先北后南"的想法，令其返回南方前线，迅速领兵攻克临安，灭掉宋朝，统一全国。同时为了稳定北方的局面，我令右丞相安童行中书省、枢密院事，出镇阿力麻里，辅佐皇子那木罕讨伐海都、平定叛乱。

而南方那一边，我诏命合并淮西行枢密院于行中书省，以伯颜为中书右丞相，阿术为中书左丞相。命令伯颜率诸将直趋临安。同时命右丞相阿里海牙取湖南；蒙古万户宋都带、汉军万户武秀、张荣实、李恒，兵部尚书吕师夔等取江西。八月，伯颜陛辞南下，途经山东时征调淮东都元帅博鲁欢率部南下增加南征军力。九月，与阿术会师围攻扬州。十一月，阿里海牙攻打潭州。伯颜分兵三路：参政阿刺罕率步骑为右军，自建康、广德直趋松岭；参政董文炳为左军，率领舟师沿海直趋许浦至浙江；伯颜及阿塔海为中军，节制诸军，水陆并进，期会于临安。

自伯颜率大军拔下荆襄，顺江而下，一路上宋军土崩瓦解，势如破竹。但是没想到越接近宋都临安，遇到的抵抗反倒日趋激烈。尽管当初我在伯颜领征时要他效仿曹彬征南唐不杀一人，并多次颁布止杀之诏，但真正到了战场上，要少杀乃至不杀，何其难也！特别是在遇到顽强抵抗的地方，如阻挡大军前进的常州和作为临安门户的独松关，宋军守城将士都极为英勇，坚守不降，而屠城之事也就在所难免了。但总体而言，伯颜南征还是尽可能地行了我的止杀之令，这确是减少宋人抵抗、尽早取得胜利的一个重要原因。这年底，汉将董文炳和张弘范军抵盐官城下，多次招降，宋军不予答复，蒙古副将要求屠城。董文炳说："县去临安不足百里远，声势相及，临安降有成约，吾轻杀一人则误大计，况屠县！"张弘范也同意他的意见，于是盐官便没有遭受常州那样惨烈的命运。在我将领中，有曹彬之志的并非一人。

元军连下无锡、太湖、平江，直逼临安。临安城中人心惶惶，而元军将士则希望杀入临安，以便乘机抢掠。如何能够取胜而不乱，取城而不掠，伯颜问计于行省郎中孟祺。孟祺说："宋人之计，唯有窜闽尔。若以兵迫之，彼必速逃，一旦盗起临安，三百年之积，焚荡无遗矣。莫若以计安之，令彼不惧，正如取果，稍待时耳。"伯颜听之，派囊加歹为使，带着我的招降诏书送往临安，敦促南宋君臣束手来降，并绝对保证赵氏家族和文武百官的人身安全。而此时，面临元朝三路大军兵临城下，南宋朝中官员纷纷离职逃跑，外地守臣也纷纷丢印而去。临朝称制的谢太后万般无奈，只能令人将一张榜文贴在朝堂之上，其文曰："我国家三百年，待士大夫不薄。吾与嗣君遭家多难，尔小大臣工不能出一策以救时艰，内则叛官离次，外则委印弃城，避难偷生，尚何以为人？亦何以见先帝于地下？……"但这纸榜文只应了一句话，树倒猢狲散。濒危的大树，又怎能留得住逃生的猢狲？在南宋大树将倾之际，为赵家独撑危局的谢太后和朝中两位重臣留梦炎和陈宜中接待了元朝

150

的使者。但对于无条件投降的要求，当然不能甘心同意，而是希望其宗庙社稷能够续存，最差也不过像对金朝的绍兴和议那样，对元朝称臣纳币而已。为此，南宋又派出几批使者向元军求和。

先是使者柳岳在囊加歹陪同下，带着宋朝皇帝和太皇太后的信件来到无锡的大营向伯颜哭诉："太皇太后年高，嗣君幼冲，且在衰绖中。自古礼不伐丧，望哀恕班师，敢不每年进奉修好？今日事至此者，皆奸臣贾似道失信误国耳。"

伯颜答道："主上即位之初，奉国书修好，但你朝扣押我国使者一十六年，所以才兴师问罪。去年，又无故杀害前来招降的廉奉使等，是谁之过欤？如欲我师不进，将效钱王纳土乎？李主出降乎？你们宋朝昔年就是从孤儿寡妇的手中得到的天下，现在又从孤儿寡妇手中失去天下，不正是汉人所说的报应，又有什么可多说的呢？"

柳岳铩羽而归，当家大臣陈宜中不死心，立刻又派宗正少卿陆秀夫等前往伯颜军中，表示宋朝幼帝可以尊元朝皇帝为伯父，世世代代修侄皇帝之礼，每年献银二十五万两，绢二十五万匹。伯颜问道："三百年前，你朝龙兴之时，太祖赵匡胤兵发江南；如今我朝龙兴，我主上亦命我兵发江南。当年宋太祖嘱大将曹彬降江南不妄杀，我亦受我皇上面嘱不敢妄杀。当年南唐后主也曾遣使要求你朝太祖留其宗庙社稷，你朝太祖是如何回答的，你们作为宋朝大臣，应该记得吧？"

于是宋使无言。当年宋太祖赵匡胤面对南唐后主李煜的请存之求，回答是："卧榻之侧，岂容他人鼾睡！"如今宋朝皇室也沦落到了当年南唐后主的境地，恐怕真的是一种长生天的报应吧。而我朝一统天下的大任，又岂能止步于临安城下？

　　求和不成，谢太后只能退步，对陈宜中说："苟存社稷，称臣非所较也。"而两位丞相战不能，和亦不敢，怕在后人中留下秦桧式的骂名。为此状元出身的左丞相留梦炎竟不辞而别，悄悄逃走了。而右丞相陈宜中虽有心投降，却又不想承担卖国之责，也取三十六计之走为上。他先率君臣入宫，向谢太后请求迁都，谢太后先不同意，他竟哭倒在地。谢太后无奈勉强答应，下令发给百官银两做路费，自己也准备随皇帝、全太后及嫔妃们一同出发，此时却又不见了陈宜中的踪影。五内如焚的老太太摘下头饰摔于地上，回到宫中闭门不出，于是迁都之事又化为泡影。这时伯颜的大军已进抵嘉兴，临安已近在咫尺。对陈宜中等深为失望的谢太后只能抓住最后一根救命稻草——先任命文天祥为临安知府，继而重用他为右丞相兼枢密使，希望靠他来挽救朝廷覆亡的危局。但这位文天祥非并一根稻草，而是一根支撑既倒朝堂的顶梁巨柱。在我看来，整个南宋朝廷所有挽危救亡的努力，都不如文天祥一个人来得坚决。在我的敌人中，文天祥是最值得我尊敬的一个对手；而在我尊敬的人中，可叹文天祥最终也不能和我化敌为友。在征服了广袤的大地之后，文天祥成了我此生无法征服的一座山峰。

# 十八

我开始了解文天祥其人其事是在至元十一年。

这一年面对元军节节胜利，贾似道大奸似忠的面目渐被认清，南宋朝廷中终于痛感亡国危机已经临近了。因皇帝年幼，宋廷以太皇太后谢氏的名义向全国臣民下达了一份《哀痛诏》："哀叹先帝辞世，权奸当道，嗣君年幼，女流当朝，致使朝纲不振，国是日非。而元朝大举南下，闯我长江，夺我城池，所到之处不是不战而降，就是弃城而去，国家于危急存亡之秋。希望文经武纬之臣，食君之禄，不避患难；忠肝义胆之士，同仇敌忾，以献其功。起诸路勤王之师，救君王于危间。"但由于时事危急，响应太皇太后勤王号召者寥寥无几。只有文天祥、张世杰、李庭和湖南提刑李芾等先后起兵。

文天祥是江西吉水人。姚枢以他所知告诉我，其人体貌丰伟，美皙如玉，秀眉长目，顾盼烨然。为童子生时，见学宫中祭祀的欧阳修和杨邦义等前贤的塑像，皆谥忠字，欣然仰慕道："死后若不能跻身于他们之中，非丈夫也！"他二十岁举进士，对策集英殿，以"法不天息"为题，洋洋万言一挥而就。宋理宗视为奇才，亲拔为第一。考官王应麟奏曰："是卷古谊若龟鉴，忠肝如铁石，臣敢为得人贺。"二十五岁时，他上书反对迁都。三十七岁时因得罪了贾似道，赋闲在家。得知太皇太后发出《哀痛诏》后，他移檄诸路，聚兵积粮，招募吉赣等地兵民五万。其友人阻止他道："今元兵三道鼓行，破郊畿，薄内地，君以乌合万余赴之，何异驱群羊而搏猛虎？"文天祥慨然道："吾亦知其然也。第国家养育臣庶三百余年，一旦有急征天下兵，无一人一骑入关者。吾深恨于此，故不自量力，而以身殉之，庶天下忠臣义士将闻风而起。义胜者谋立，人众者功济，如此，则社稷保也！"

姚枢还说，文天祥生性豪华，平日生活优裕，声伎满前。但到了国家危难之时，痛自损抑，挥尽家资以充军费。每与宾客僚佐座及时事，总是抚几慨言："乐人之乐者忧人之忧，食人之食者死人之事！"其为国殉身之决心溢于言表。

四月，文天祥领兵下吉安。江西副使黄万石是贾似道死党，攻击文天祥组织的军队为乌合之众。而朝中右丞相陈宜中和左丞相留梦炎竟也相信贾似道死党胜于相信勤王的义士，命令文天祥留屯于隆兴，不准他带兵开往临安。

文天祥上书朝廷力争，其中说道："天祥以身许国，起兵抗元义不容辞。何况此次起兵勤王是秉承太皇太后的旨意，全靠自己徒手奋斗，并未向朝廷要一兵一卒、一钱一米，如今好不容易组成一支军队，准备直赴临安。全军忠义愤发，锐气方新，以为报国有日，哪知刚到吉安，朝廷就颁发留屯之令，观听之间，便生疑虑。此军由百姓组成，用之冲锋陷阵，必可得志；如用于守城，势必解散。希望朝廷允许我率所部之兵，直赴阙下。"但宋廷没有同意他的请求，而文天祥则拒不进驻隆兴，驻军于吉安三月之久，其间回家处理祖母的丧事。直到宋军焦山之败后，太皇太后才有旨促文天祥入卫临安。于是文天祥率军从吉安出发，取道抚州和衢州直插临安。一路上军纪严明，秋毫无犯，近臣大惊。八月，文天祥到达临安，驻军西湖之滨。朝廷颁诏表命彰他"首创大义，纠合熊罴之士，誓不与虏俱生。师律严肃，胜气先见，宗社生灵，恃以为安"。除令他官复原职外，还任其为工部尚书，兼都督府参赞军事。但文天祥耻于给陈宜中、留梦炎之流当参谋，力辞都督府参赞军事一职，朝廷不准，又任命他兼江抚大使、知平江府事。文天祥一到临安，便力抵朝中求和之风，上书提出了一个挽狂澜于既倒之策。其策曰："祖宗惩五代之乱，削藩镇，建郡邑，一时虽足以矫尾大不掉之弊，然国家军力也逐渐弱。因此敌至一州则一州破，至一县则一县破，中原陆沉，痛悔无及！今宜分天下为长沙、隆兴、鄱阳、扬州四镇，建都督御其中，集中兵力抵御进攻，则敌不难却也！"

确实，宋朝的国势衰弱，在于军队的衰弱。而军队的衰弱，来源于以兵权取政权的宋太祖赵匡胤害怕别的将军也学他这一套来对付皇帝之家。从陈桥驿杯酒释兵权开始，赵姓皇帝就把军队当家贼一样来防范，兵将分离，将无可托之兵，兵无可依之将。安内固然成功，攘外则成了弱旅，以致先败于辽，后败于金，最后将亡于大元之手。文天祥的上书试图重振军威，但终为当朝者不取。

至元十二年（1275）底，大军压境的临安城中，文天祥与另一起兵勤王的将领张世杰商议，他提出：目前淮东之地的李庭芝、姜才、苗再成等仍坚壁不下；闽、广一带还未被元军所占；临安城中尚有守军二十余万。若与元军背城一战，万一得捷，则可命截其后路，国事犹有可为。于是上书朝廷，主张两宫太后和皇帝迁至海上，留下他们率军背城一战。但此时朝中，除了他文天祥，已无人再有宁死之勇、抵抗之心。执掌朝政的陈宜中战既无力，降又无胆，为避身后骂名，竟悄然出城，避走温州了。既然丞相已逃之夭夭，张世杰、刘师勇等武将和陆秀夫等一批文臣也相继逃离临安，同时逃离的还有两个皇子赵昰和赵昺。众叛亲离之下，留在临安的太皇太后谢氏只有依靠忠心耿耿的文天祥了。她任命文天祥为右丞相兼枢密使，与左丞相吴坚及贾庆余等朝官代表宋廷与伯颜谈判。翌年正月二十日，文天祥一行到了元军大营因明寺。

后来我得到报告说，文天祥见到伯颜，辞色慷慨，道："投降之说，乃前宰相首尾，非予所与知。今太皇太后以予为相，予不敢拜，先来军前商量。"

伯颜欢迎他前来商量大事。文天祥问："本朝继承帝王正统，衣冠礼乐之所在，北朝欲以为国欤？欲毁其社稷欤？"

伯颜回答："社稷必不动，百姓必不杀。"

文天祥说："尔前后约吾使，多失信。今两国丞相亲定盟好，宜退兵平江或嘉兴，然后再议岁币与金帛犒师之事，北朝全兵以还，此为上策。不然南北兵祸未已，非尔利也！"

一个败军之国的谈判代表，言辞的锋芒居然如此犀利，伯颜被激怒了，辞渐不逊，其中有以死相胁之语。文天祥全不在意，慨然曰："吾南朝状元、宰相，但欠一死报国！刀锯鼎镬，非所惧也！"

吴坚、贾庆余等害怕关系搞僵，对方关上谈判之门，多次想打断文天祥的话以从中圆场，竟没有下口的机会。蒙古与会诸将也被文天祥的胆气惊得目瞪口呆，有的人竟在下面称文天祥为"大丈夫"！

伯颜虽然有所恼怒，但见文天祥始终临危不惧，大义凛然，便知道这是一个非凡的人物。又考虑到此人已是南宋方面的首席大臣，以此不拔之志，若放回临安，必将影响宋朝投降的进程，于是打破元军从不扣留使者的惯例，将文天祥扣留在营中。同时以宋方送来的降表上仍写着"大宋国主"的字样，且通篇没有称臣的字句，命令降将程鹏飞送吴坚、贾庆余等一同回临安修改。

被扣押的文天祥自然十分气愤，质问伯颜以何理将其扣留？

伯颜笑答曰："我主上登位之初，即派翰林侍读学士郝经为国信使，佩金虎符出使南宋，希望就履行此前鄂州和议中南宋割地、纳币等承诺进行谈判并签订和议。如果当初和议既定，又怎会有今日城下之盟？郝经出使，被你们宋人无理扣押十六年，今日你为宋朝大臣，责任非轻，此来既是好意，正当与我共商之，愿为数日之留。"于是令万户忙兀台和宣抚唆都专门来陪伴他。

伯颜用郝经出使被扣十六年来回答文天祥，宋朝此事做得理亏，文天祥也无可奈何了。在这十六年中，郝经被扣不还，一直是我的一块心病。从中统元年直到至元十一年，伯颜率大军渡江之后，郝经才终于被贾似道释放回朝。此后不久，这位祸国非浅的贾似道也就失权被杀了。当郝经自真州北归时，已经身染重病。我闻讯后立即命令枢密院和御医近侍前往迎接，医治慰劳。沿途父老瞻望其病体甚是衰弱，无不唏嘘流涕。翌年夏，郝经抵达大都，不顾病体，觐见我于赴上都途中。我感其忠耿，赐宴行殿，并命其留居家中养病。可惜的是时至七月，郝经溘然病逝，年仅五十有三。

唆都奉命陪同文天祥，每日与他形影不离，感佩其能力与人品，多次劝降，自然无果。唆都怕他自杀殉国，对他说："大元将取天下，并非只靠快马长刀，亦靠圣上所重之仁义道德。大元将兴学校，立科举，丞相在大宋为状元宰相，今为大元宰相亦无疑。丞相常说国存与存，国亡与亡，固为男子心。但天下一统，做大元宰相，亦是大丈夫所为也！"

但文天祥道："国破家亡，伏首事敌，即使贵为公卿，不值人间一唾！但愿扶桑红日上，江南匹夫死犹荣！"

这里文天祥被扣元营，那边贾庆余等回到宋都，与谢太后商议，没有了文天祥从中作梗，不仅根据伯颜的意思修改了降书，而且还让学士院起草诏书，谕告各州郡守臣开城投降。谢太后知道文天祥反对投降，干脆升任贾庆余为右丞相兼枢密使，由他牵头去与伯颜具体交涉投降事宜。同时谢太后手诏天下，要求各地军民息兵投降。

至元十三年（1276）正月二十五日，降事既定。程鹏飞送贾庆余、吴坚等南宋大臣到湖州向伯颜献上修改过的降表和谕告各地的诏文。伯颜设宴款待南宋降臣，元军诸将作陪，文天祥也被请来同坐。文天祥知道南宋大势已去，席间大骂贾庆余卖国。南宋降将吕文焕出面劝解，亦被其骂为乱贼叛逆。吕文焕不服，问道："丞相何故骂以乱贼？"文天祥说："国家不幸至今日，汝为罪魁，汝非乱贼而谁？三尺童子皆骂汝，何独我哉！"吕文焕辩解道："襄守六年朝中不救，怎能怪我投降？"文天祥道："力穷援绝，死以报国可也。汝爱身惜妻子，既负国，又辱家声，今合族为逆，万世之贼臣也！汝叔侄皆降北，不杀汝叔侄，是本朝失刑也。今汝叔侄能杀我，我为大宋忠臣，正是汝叔侄周全我！"

酒宴上，文天祥边饮边骂，蒙古诸将身经百场血战，却从未见过如此舌战，一个个看得发呆。甚至有为其喝彩者。伯颜亦吐舌道："文丞相心直口快，男子心！"唆都私下对董文炳说："文丞相骂得吕家好！"董文炳叹道："骂得好是好，但若宋臣个个如文丞相不如吕将军，我等今日安能于此？"

二月初五，南宋小皇帝赵㬎率文武百官在祥曦殿向北遥拜，正式发布降表和谕降诏书。伯颜接受了宋朝的降表和十二枚玉玺，派人原封不动地把降表和玉玺送往大都。

二月初六，亡宋谢太后命贾庆余、吴坚等及文天祥为祈请使，杨应奎等为奉表押玺官，一起北上，向元朝皇帝面献宋廷降表和谢太后本人的表笺，并当面祈请保住赵氏社稷和宗庙。

三日后，祈请使团动身北上，由吕文焕和唆都等率领一支精锐之军护送。当时大将阿术驻军瓜州，听说宋朝祈请使路经瓜州，文天祥也在其列，便想见见这些亡宋的大臣，特别是那位并未投降的文天祥。阿术为免除攻城之战，与祈请使贾庆余和吴坚等带着太皇太后的手诏到扬州城下宣而示之，要求守城的李庭芝开城投降。不想李庭芝竟也如文天祥一样强硬，回以："奉诏守城，未闻有诏谕降也！"因为给李庭芝送诏劝降，宋朝祈请使团在镇江多停留了数日，正是这段时间，给了文天祥逃脱的机会。这一逃脱，又将我朝彻底灭亡南宋的时间拖延了三年。

# 十九

对于我来说，至元十三年和至元十二年一样，都是南方传来佳音，北方传来噩讯，使得我这个坐镇于上都和大都的元朝皇帝且喜且忧，心盆之中一半是火，一半是冰。

至元十二年南方捷报频传，军下临安，南宋将灭；北方却后院起火，海都叛乱。

至元十三年初南宋已降，我认为这是天赐祥和，可以四海同庆了。偏偏从北边又传来坏消息：海都叛乱一波未平，昔里吉叛乱一波又起！

如果说海都及北方三大汗的叛乱是来自元朝外部的宗藩属国的反叛，那么昔里吉之叛则是朝廷内部的叛乱，而且是拖雷家系后王的反叛，是负责抵御海都叛军的皇子守边团的内部叛乱。这种家系内的反叛比北方诸王的反叛更令我忧心与愤怒。

昔里吉是蒙哥大汗的庶子，我的侄子。中统初年，他曾依附阿里不哥，至元初年归附朝廷。我以亲亲之故，与其兄玉龙答失和阿速台并释不罪。至元五年封其为河平王，至元八年令其随我的幼子北平王那木罕出镇守阿力麻里。但这个侄子看来并不对我这个皇叔感恩戴德，更没有将年轻的皇子那木罕放在眼里，而是在内心里做着使人心醉神迷的大汗之梦，希望有朝一日也能黄袍加身。参与昔里吉之叛的还有我的另外几个侄子和侄孙：拖雷庶子岁哥都之子脱黑帖木儿、阿里不哥之子玉木忽儿、明理帖木儿和蒙哥大汗嫡子玉龙答失的长子撒里蛮。

安童出镇阿力麻里辅佐幼皇子那木罕击败叛军火忽部后，组织诸军在河滨度夏，分配给养并进行围猎。昔里吉和脱黑帖木儿与诸军分散，在猎所相会，堂兄弟二人心怀不满，腹中隐藏已久的阴谋一拍即合。昔里吉提议："我们把那木罕和安童抓起来交给敌方吧！"脱黑帖木儿则表示："合罕使然们和我们的父亲受了多少侮辱啊！事成之后帝位归你。"昔里吉怦然心动，他认为自己是蒙哥的儿子，比篡夺帝位的忽必烈更有称帝的权利。于是趁那木罕和安童毫无防备之时，发动兵变抓起了统率边兵的那木罕和安童。反叛者把那木罕送到了钦察汗国忙哥帖木儿那里，将安童则交给了海都。

昔里吉之叛，使我朝漠北驻军的统帅那木罕和辅军重臣安童同时被俘。不仅使得满朝震惊，更使得我和皇后察必忧心如焚！那木罕是我的幼子，按蒙古人的传统，是为守灶者，在家中受重视的程度，几乎等同于已被立为太子的真金。而安童自幼由霸突鲁带到金莲川后，就一直与真金相伴读书，情同手足。与我和皇后察必也情同父子与母子。这样两个受重视和重托的人，忽然间竟成了敌人手中的人质，我和察必的心情可想而知。

昔里吉等派使者送交那木罕和安童时，自然希望与叛军联合起来击败大元。但海都和忙哥帖木儿的回话却是："我们很感谢你们，我们正希望你们这样做，请留住于原地，因为那里水草很好！"蒙古人依马为生，以马为战，水草对他们自然极为重要。但因为所驻之地水草很好就不协同向南进攻，岂非有些不可理解？

经与姚枢和刘侃等人分析，新老叛军虽然都与我为敌，但互相之间仍有嫌隙。海都等北方汗王分属窝阔台、察合台和术赤家系，而昔里吉和脱黑帖木儿却是拖雷家系。海都反叛，是挑战我的汗位；昔里吉反叛，也是志在夺取汗位。在与我为敌这一点上，他们是同盟；而在争夺汗位这一点上，他们却不是同道。昔里吉叛元，海都乐观其变，但却不愿使其强大到足以成为他自己称汗的对手。海都的如意算盘应该是：让昔里吉叛军充当反元先锋，自己则退居其后乘机巩固在中亚的地盘和势力，还可以坐观拖雷家系的后裔自相残杀，待两败俱伤，最后收其渔人之利。于是，新老叛敌虽然在帝国北部结成了反元同盟，但是各打自己的算盘，并没有合兵一处立刻向漠南发起进攻。

我想，这是我的幸运，也是长生天对新兴大元的格外垂顾吧！

北方的叛乱使我心忧，但数年的南征终于收获了硕大的战果。

宋室投降了，伯颜向朝廷上了《贺平江南表》，其中曰："臣伯颜言：国家之业大一统，海岳必明主之归；帝王之出兵万全，蛮夷敢天威之抗。始干戈之爰及，迄文轨之会同。区宇一清，普天均庆……"

163

接到伯颜的贺表后，我立即诏谕临安新附府州司县官吏市民军卒人等，诏书曰：

"行中书省右丞相伯颜遣使来奏，宋母后、幼主暨诸大臣百官，已于正月十八日赍玺绶奉表降附。朕惟自古降王必有朝觐之礼，已遣使特往迎致。尔等各守职业，其勿妄生疑畏。凡归附前犯罪，悉从原免；公私通欠，不得征理。应抗拒王师及逃亡啸聚者，并赦其罪。百官有司、诸王邸第、三学、寺、监、秘省、史馆及禁卫诸司，各宜安居。所在山林河泊，除巨木花果外，余物权免征税。秘书省图书，太常寺祭器、乐器、法服、乐工、卤薄、仪卫，宗正谱牒，天文地理图册，凡典故文字，并户口版籍，尽仰收拾。前代圣贤之后，高尚儒、医、僧、道、卜筮，通晓天文历数，并山林隐逸名士，仰所在官司，具以名闻。名山大川，寺观庙宇，并前代名人遗迹，不许拆毁。鳏寡孤独不能自存之人，量加赡给……"

从我的这份诏谕，可以看出我这个入主中原的蒙古皇帝，行文行事都是按照汉人儒士心目中的理想皇帝的标准来做的，这也是我多年来受我的那些汉儒幕僚们道德学问熏陶的结果。

三月十二日，伯颜派部下阿塔海、董文炳等至南宋宫中，由郎中孟祺向太皇太后谢氏、太后全氏、小皇帝赵㬎等宣读我的诏书，命他们北上面见大元皇帝。当念到"免系脰牵羊"之语时，全太后泣对小皇帝曰："荷天子圣慈活汝，当望阙拜谢！"年幼的小皇帝遵嘱拜谢，随后母子二人肩舆出宫，由阿塔海、李庭等护送北上。太皇太后谢氏则因病暂留于临安。

大功告成的伯颜一行凯旋北还，特别制作了一面大旗，上绣"天下太平"四个大字，一路北上，祥旗飘飘。闰三月二十三日到达上都，我以朝廷最高之礼遇，太子真金率文武百官出城郊迎。而中书平章政事阿合马竟比百官多走出十余里，第一个迎到伯颜。伯颜和阿合马均是我倚重之臣，一长于军事，一长于理财。在安童出镇阿力麻里之后，中书省更是由阿合马全权理事了。伯颜知道阿合马单人前迎，无非是以为他作为灭宋主帅，必然得到大量金银财宝，想私相取纳。但伯颜对阿合马道，自己受命安国，于宋廷宝物一无所取，只能用自己衣服上原来的玉钩相赠。以己度人，阿合马自然不信，认为伯颜轻视于他，从此怀恨，伺机报复。我的这两位股肱之臣，品行之差竟如天壤，这也决定了他们二人日后的命运。

四月二十八日，阿塔海和李庭等护送南宋亡国之太后和幼帝到达上都，等待大元皇帝接见。

五月一日清晨，我派众大臣出都祭拜太庙并祭告大地，向祖宗及天地神灵报告灭宋大业已告成功的大好消息。仪式由伯颜主持，百官贵族参加。宋皇室成员及随从百官也到上都西门外五里处的元朝太庙礼拜。亡国君臣要顶礼膜拜敌国之宗庙，五内中的滋味可想而知。但宋朝皇室的江山也是从别家手中取来的，在三百多年中尽享荣华富贵，到了改朝换代之时，总得有人品尝苦果，这也算是替祖宗还债吧。

五月二日，正式举行大元皇帝接见宋朝降君之仪式。全太后和幼帝赵㬎一早即出上都南门，赶到十里外的行宫等候。皇后察必与我商量，问是否可让前来朝觐者不必更换他们所谓的胡服，依旧穿戴过去的衣冠，这也可以让她了解一下宋朝宫廷中的礼仪服饰。察必的心情我知道，想观赏宋人的衣饰为假，表示对亡国君臣的体恤之心才是真，于是欣然应允。

朝见之时，我与皇后察必并排坐在大安阁宫中的御榻之上，蒙古宗王、百官分坐左右。我先召伯颜入见，当众表彰他的平宋大功。伯颜谦逊一如既往，说灭宋全靠陛下成算和阿术等战将效力，自己只不过谨遵皇命而已。我当场封他为右丞相、同知枢密院事，以陵州、滕州六千户为食邑。同时封阿术为左丞相。接着便命令宣南宋幼帝赵㬎等入大安阁觐见。赵㬎拜倒在地，我见皇后其心怜之，我亦怜之，命人扶起，颁发圣旨，授赵㬎为开府仪同三司、检校大司徒，并封为瀛国公。其制书曰：

> 我国家诞膺景命，奄有多方。炎风朔雪之乡，尽修职贡；若木虞渊之地，靡不来庭。罄六合而混同，岂一方之独异。用慰奚苏之望，爰兴问罪之师。戈船飞渡而天堑无凭，铁马长驱而松关失险。宋主㬎乃能察人心之向背，识天道之推移，正大奸误国之诛，斥群小浮海之议，决谋宫禁，送款军门，奉章表以祈哀，率亲族而入觐。是用昭示大信，度越彝章，位诸台辅之尊，爵以上公之贵。

对于敌国之君，一不杀头灭族，二不关押流放，而位诸台辅之尊，爵以上公之贵。我问刘侃和姚枢等，此种做法，当合儒家之仁义道德否？这些汉人老臣们欣然称善。

为庆祝四海归同，天下混一，并招待远从南方来觐见的宋室皇族，我在上都和大都先后摆了十次诈马宴，南宋宫廷琴师汪元量有诗为记：

皇帝初开第一筵，天颜问劳思绵绵。
大元皇后同茶饭，宴罢归来月满天。

第二筵开入九重，君王把酒劝三宫。
驼峰割罢行酥酪，又进雕盘嫩韭葱。

第五华筵正大宫，辘轳引酒吸长虹。
金盘堆起胡羊肉，乐指三千响碧空。

第十琼筵敞禁庭，两厢丞相把壶瓶。
君王自劝三宫酒，更送天香近玉屏。

在宴会上，帝王将相欢聚一堂，开怀同饮。宋廷降臣降将也学着蒙古人操刀割肉，宋室皇族与大元皇亲同坐品酒，但心情想来大为不同，恐怕是酒入愁肠，强颜欢笑。作为胜利者，也只能宽待他们至此了。但是我注意到与蒙古君臣的欢乐不同，皇后察必看着那亡宋的小皇帝，目光深处竟与那亡国的全太后有着同一种凄恻之色，或许是设身处地有感于全太后的心情，或许是想起了被北方叛乱之敌押为人质的幼皇子那木罕和情同子侄的安童。

为了让察必能够舒心开颜，我吩咐阿合马在内廷举行了一次家宴，将伯颜从宋廷运送来的各种珍稀宝物陈列于殿中，让孟祺一一介绍以助酒兴。这些南方来的宝物照亮了阿合马的眼睛，一件件大为赞赏。但察必却依然眉心不展，竟命随同宋室北来的宫廷琴师汪元量唱起了南唐后主李煜的《虞美人》词：

春花秋月何时了，往事知多少？

小楼昨夜又东风，故国不堪回首月明中。

雕栏玉砌应犹在，只是朱颜改。

问君能有几多愁，恰似一江春水向东流。

我听着言辞凄凉，曲调凄切，便走到陈列宝物的台前对察必道："宋朝皇太祖以将军之势黄袍加身，从此害怕其他武人起而效法，故实行轻武重文之国策。轻武的结果，是先败于辽、金，后亡于我大元。但其国重文重商，地灵人杰物华天宝却非虚言。就这些宫廷宝物而言，其质美工巧远非北方匠人能胜，如今都已成为我大元朝廷的战利品。皇后喜欢什么宝贝，都可以任意选取。"

察必却说："宋人将这些稀世珍宝贮藏起来留给子孙，子孙不能守护，如今尽归我朝。但我却怎能忍心取一物呢！"

察必的言辞态度，使我心中怦有所动。是啊，从秦皇汉武开始，每一个皇朝的兴起，都意气飞扬地高唱着《大风歌》，但当气尽运衰，到了最后一个断送了江山社稷的末代帝王，又有哪一个不在心中和泪痛吟后主之词呢？

当然，作为一个人，触景伤情自然会是有的；但作为一代开国帝王，我依然要将一统海内，荡平寰宇的伟业继续进行下去。

# 二十

　　我前面说过，整个南宋朝廷所有挽危救亡的努力，都不如文天祥一个人来得坚决。或许正是文天祥在北行途中的逃脱，又鼓励南宋遗民负隅顽抗，使得我朝扫清前朝旧廓的战争又延续了三年之久。

　　至元十三年闰三月，正当凯旋的伯颜回上都来见我的时候，一些没有随朝廷在临安投降的南宋旧臣会于温州江心寺，当年宋高宗赵构南逃时曾在这个寺中避难，据说其中还保留着宋高宗坐过的御座，众人相率哭于座下。以陆秀夫、张世杰为首的南宋旧臣奉宋度宗庶长子益王赵昰为天下兵马都元帅，奉另一皇子广王赵昺为副元帅，檄召诸路忠义，共扶王室。五月初一，南宋益王即位于福州，成立了一个宋廷投降后的小朝廷，仍以原先从临安悄然逃责的陈宜中为左丞相兼枢密使；淮东制置使李庭芝为右丞相；张世杰任枢密副使；陆秀夫签书枢密院事；同时授文天祥为观文殿学士侍读，派人招其入朝。五月二十六日，文天祥从海路赶到福州，见到了新即位的小皇帝和小朝廷的诸位大臣们，被任命为枢密使，同都督兵马。文天祥提出返回温州招集军队，以图进取。但朝廷重臣陈宜中和张世杰完全没有进取的打算，而是想继续后退，直到海上，以避开和元军的冲突，因而不同意文天祥北上，要他南下岭南，到广州去建立同督府。但广州在六月已降元朝，陈宜中等仍不同意文天祥北下温州，转而让他去南剑（福建南平）聚兵。

秋七月，文天祥开府南剑州，经略江西，以新朝廷的名义召兵抗元，迅速组建起了一支新军，江西方面也有反元之兵响而应之。本来南方战事已基本平息，因北方诸王之乱，我已调伯颜及南征大军的主力北上平叛，一时南方兵力空虚。文天祥乘机进攻，连下梅州、雩都、兴国、赣州九县，并向南安军发动进攻。一时间，已经覆亡的南宋似有借尸还魂之势，而我这个大元皇帝，当然不能让南宋死灰复燃，使统一大业功亏一篑。

六月间，我为阿里海牙增兵三万，命其进兵广西。又从长江北岸抽兵力增援江西，命江西都元帅宋都带进击广东。秋七月，置行中书省于江西，以塔出和麦术丁为左右丞，李恒、程鹏飞为参知政事，专门对付江西的宋军势力。冬十月，命塔出、吕师夔率军进入广东；命阿剌罕、董文炳和唆都提军进入福建，分道追击宋军。

十一月，阿剌罕率军连下温州、处州，在瑞安大败宋军，兵入建宁府。南宋剑州守将逃走。当时宋军尚有十七万人，并民兵三十万，但陈宜中和张世杰不敢与元军正面对抗，于是带着小皇帝赵昰登舟入海。到泉州后，招抚使蒲寿庚迎皇帝上岸，张世杰不允。却听人说蒲寿庚家资雄厚，海船很多，下令征集蒲氏的船只和资财，以补充海上航行的不足。这种无异于公开抢劫的做法逼反了蒲寿庚，他命令部下起兵叛宋。张世杰等急忙起锚，奔往潮州。十二月，蒲寿庚投降元朝，而陈宜中、张世杰船抵甲子门（广东陆丰海面）。

从至元十三年末到十四年末，南宋小朝廷在海上漂泊了整整一年。陈宜中与张世杰商议，说想奉赵昰到南洋占城，先由他到占城去进行联系，做好准备。张世杰同意了。但陈宜中再一次重演了临危逃遁的角色，一帆远去，泥牛入海。在他看来，投降的罪名是不能承担的。而在我看来，一个受到朝廷重托的大臣，在形势不可违的情况下，即使当一个负责任的降臣，也比当一个不负责的逃兵光彩。

南宋小朝廷漂在海上，在岸上继续抗元的，只剩下一柱擎天却又独木难支的文天祥。至元十四年秋，江西行省的几支军队集中兵力对付这支在陆地上最后的宋军。塔出、吕师夔、李恒率步、骑兵入岭南；唆都、蒲寿庚等率舟师下海包抄。文天祥为保存实力，令各支军队会师于永丰，退向东南，企图打通江淮。

李恒率军穷追四百里，在庐陵东固方石岭追上文天祥军，文天祥部下老将巩信舍命阻击，使文天祥率部脱走。李恒继续追击，至空坑再次接战，忽遇山上坠下一块巨石挡住进攻之路，使文天祥再次逃脱。但在此役中，文天祥的夫人、二妾和子女等数人被俘。文天祥以一己一军之忠与勇勉力支持，被南宋小朝廷封为少保、信国公。

至元十四年十二月，南宋小朝廷的船队在珠江口遭遇飓风，船上人众死去近半，小皇帝赵昰险些溺水而死，受此惊吓后重病不治，于次年四月十五日病死在冈州（广东雷州湾）。主子丧命，群臣丧志，有人主张干脆就此散伙。但陆秀夫的顽强可与文天祥一比，至此仍不泄气，激励众人道："度宗皇帝一子尚在，将焉置之？古人有以一旅一成中兴者，今百官有司皆具，士卒数万，天若未欲绝宋，此岂不可为国邪？"于是众臣于四月十七立卫王赵昺为帝，以陆秀夫为左丞相，协助张世杰秉政。陆秀夫外筹军旅，内调工役，凡有述作，皆出其手，虽在浮舟之中，仍每天写《大学章句》教小皇帝学习。这让我想起了在漠北草原上，刘侃、赵璧在马背上也曾教我学习过这本《大学章句》，不禁感慨系之。陆秀夫的此种为臣的忠贞，令我这个敌国皇帝也心生敬佩。但是剿灭南宋、混一海内的大业，能够因为我的恻隐之心而停止吗？

其实自南宋遗臣拥立赵昰为帝开始，我朝一直没有停止派兵讨伐南宋残部，只是因调兵北上平叛，南伐又用人不专，才使战事拖宕，南宋小朝廷得以苟延残喘。想到当初委伯颜以大任率军南征之事，感到选将用人之道才是胜负之要。于是召张弘范觐见，命其为蒙古、汉军都元帅，全权负责讨伐南宋小朝廷的事。

张弘范离开大都前启奏道："汉人无统蒙古军者，乞以蒙古信臣为首帅。"

我对他道："你知道你父亲张柔与察罕的事吗？当年破安丰的时候，你父亲欲留兵守之，蒙古主将察罕不从。引兵南下后，安丰又被宋军收复，进退几失据，你父亲极为后悔，这都是由于委任不专的缘故，难道你想重复你父亲当年的憾事吗？如今我将大事托付给你，若能以你父亲之心为心，我当嘉奖于你!"于是我赐他以玉带、锦衣,张弘范不受,请求赐予宝剑。我解剑赐他,道:"这剑就是你的副将,不听令者,以此处之。"

张弘范受命之后到扬州选拔将校,带领水军两万南征,以其弟张弘正为先锋,并告诫其弟道:"我选你,是因为你骁勇,而不是因为你是兄弟。军法重,我不敢以私扰公!"张弘范水陆并进,令水军自明州、秀州下海,以步兵自漳州、泉州入潮州。命副将李恒率步、骑兵由梅岭奔袭广州,截断文天祥的西退之路。

文天祥得报后,马上派人通知张世杰早做准备,然后引军自潮州转移。东有张弘范,西有李恒,文天祥要摆脱包围,只有从中路突破。正在此时,海盗陈懿降元,引张弘范兵至潮阳,但文天祥军已撤离。陈懿打探到文天祥将去海丰,又给张弘正带路,用他的船只将张弘正的轻骑渡海奔袭,直指文天祥的督帐。这次偷袭终于成功。十二月二十日午时,文天祥一行到达海丰北面的五岭坡,张弘正的步卒装扮成当地农民突然冲杀而至,正在用午饭的文天祥猝不及防,因而被俘。文天祥自知不能逃脱,吞毒自尽,幸而未死。张弘范与他平揖相见,嘘长问短如待贵客。文天祥请剑就死,张弘范自是好言解劝。

至此,南宋最后的陆军被剿灭了。张世杰则率最后的水军退守广东崖山,以为天堑,可以驻守拒敌,决心在此决一死战。

至元十六年正月十三日,张弘范船至崖山,令李恒到文天祥船上去,希望文天祥能够以怜恤生命为念,写一书信招降张世杰。文天祥说:"吾不能捍父母,而教人叛父母。"李恒反复求说，最后文天祥将昨天船过零丁洋时写就的一首诗交给了李恒。李恒带着这首诗去见张弘范，张弘范展笺读过，连道："好人好诗！"这就是那首传诵千古的《过零丁洋》：

> 辛苦遭逢起一经，干戈寥落四周星。
> 山河破碎风飘絮，身世浮沉雨打萍。
> 惶恐滩头说惶恐，零丁洋里叹零丁。
> 人生自古谁无死，留取丹心照汗青。

后来我和姚枢、窦默等一干汉臣在大都读到此诗，一个个也只有赞叹而已。

崖山海战，最终没能挽救南宋彻底覆灭的命运，却使得数万水师丧生海中。张世杰不敢主动出击，摆了一个中舻外舳的一字阵来被动防御。舻舳之间连以大索，四周起楼栅如城堞，奉宋主居其间，是为死守。文天祥在张弘范营中观战，看到张世杰所列之阵势，仰天叹道："绑缚不可复动，于是不可以敌人，而专受攻矣！可惜一代名将，竟然临阵丧胆。此阵不知合变，专守法，呜呼，岂非天哉！"于是掩面不复观。

战至最后，宋军大溃。元军冲到宋军阵中，遇上日暮风雨，昏雾四塞，咫尺不能相辨。张世杰派一条小船到奉君之处，想将小皇帝带到自己船上逃离。陆秀夫怕小舟不保险，又怕被俘受辱，执意不让小皇帝离去。最后先驱赶自己的妻子入海，然后对小皇帝赵昺道："国事至此，陛下当为国死。德祐皇帝辱已甚，陛下不可再辱！"于是背负小皇帝一同投海而死。

而张世杰在兵败之后登上舵楼，焚香告天曰："我为赵氏，亦至此矣，一君亡，复立一君，今又亡。我未死者，庶几敌兵退，别立赵氏以存耳，今若此，岂天意邪！"一时风涛大作，张世杰亦堕海而死。

崖山之战最终平宋。张弘范军回广州后大摆酒宴庆功，也请文天祥参加。席间张弘范说："国亡，丞相忠孝尽矣，能改心以事宋者事皇上，将不失为宰相也。"文天祥凄然流涕曰："国亡不能救，为人臣者死有余罪，况敢逃其死而二其心乎！"

张弘范闻之改容，不久即将文天祥不屈及所以不杀之况上报朝廷。我闻报叹曰："谁家无忠臣呢！"并很想会一会这位了不起的人物，令张弘范善待文公，将其护送到大都来。

至元十六年，文天祥离开广州，张弘范派都镇石嵩、千户囊加歹等率军千人一路押送，也可以说是护送。北上途中，从南安至丰城，文天祥共绝食八天，其意是想死在故乡庐陵。石嵩等派人强行灌以粥酪，使他绝食赴死未能成功。行至吉安，文天祥的旧友张弘毅求见，说："昔丞相显贵时，弘毅屡以官辟不就；今日丞相赴北，某当偕行。不想与之同富贵，但愿与之共患难。"汉人中的这样一些人物，真是令我这个蒙古人击节赞赏。这一年十月一日，文天祥到达元大都，行程万里，历时五个月零十天。

我让张弘范专人护送文天祥来大都，当然是想结识、并能收服和重用他。在他被囚于大都时，我命宰相勃罗善加照顾，待以上宾。

在此期间，我派留梦炎劝降过他。留梦炎与文天祥一样，

175

也是南宋的状元宰相，早在元军破独松关时，留梦炎见大势已去便逃离临安，成为不辞而别的第一位宰相，第二年便降元了。如用汉人的那句"识时务者为俊杰"，留梦炎自然是识时务的。但却全然没有气节，所以我对他的劝降不抱多大希望。果然，他被文天祥唾骂而出。

宰相勃罗建议让赵㬎出面劝降。他认为"君臣之道无逃于天地间"，赵㬎曾是文天祥的君主，年仅九岁，无论是出于忠君，还是怜幼，文天祥或可听之。但文天祥一见赵㬎，竟北面而拜，大声号哭，不让赵㬎说话。接着又乞回圣驾，提出希望赵㬎回到南方去重新立宋抗元，这让九岁的废帝如何以对？号称廉孟子的廉希宪当时在场，事后将所见情景禀我，并说："孟子有言，民为重，社稷次之，君为轻。此时在文天祥眼中，当年之主如今废帝已经没有什么分量了。如论忠君报国四字，在岳武穆那里，是忠君甚于报国；而在文天祥这里，则是报国重于忠君了。试想如果文天祥处在当年岳飞的位置，宋高宗的十二道金牌未必能召得回他；而岳飞如有文天祥之气，直捣黄龙灭掉金国亦非不可能也！"

有一次，我和朝臣们议论：南北宰相谁为最贤？群臣都说道："北人无如耶律楚材，南人无如文天祥者！"南宋降官王积翁上书道："文天祥宋状元宰相，忠于所事，若释而不杀，因而礼待之，亦可为人臣好样子。"可见在这些降官眼中，自己降元固然是江河入海于情于理都有可原，但文天祥的不降却是高山仰止。于是我派王积翁代表朝廷再去谕降，文天祥对王积翁道："诸君义同鲍叔，而天祥事异管仲。管仲不死，其功

176

名显于天下；天祥不死，而尽弃其平生，遗臭于万年，将焉用之?"

朝臣、旧主、降臣、故旧劝降，都无功而返。后来我又让他的夫人、女儿和其弟文壁去劝降，也都无功而返。家人亲情，也敌不过他心中的那个国家大义。

对于文天祥，我既壮其节，又惜其才，一直不想处死，留在大都，从至元十六年（1279），直到至元十九年（1282）。

# 二十一

　　到至元十六年（1279），北方的叛扰依然存在，但限于叛军的实力，只能作乱于漠北，无力滋扰漠南。而在大漠之南，宋朝这一页已被完全翻过去了，我开创的大元已成为一统华夏大地的中央帝国。由此我达到了一个人生命的最高处和一个帝王成就的最高处，可以俯瞰群山，俯视群雄了。但正是在这峰巅之处，我却开始感受希望的破灭、内心的孤独和命运的寒冷。这或许就是苏轼所言：高处不胜寒吧。

　　我是成吉思汗的嫡孙，我是以成吉思汗嫡孙的身份继承了他的功业和由他传来的汗位的。但成吉思汗的嫡系子孙远不止我一个，且不说与我争夺汗位失败的阿里不哥，还有远走西方为自己打出一片天地的旭烈兀，在拖雷家系之外，此前造反的海都等北方诸王，还有新近造反的昔里吉和脱黑帖木儿，也都是成吉思汗的嫡系子孙。仅从黄金家族的血统上来说，这些成吉思汗的嫡系子孙们每人都认为自己有成为大汗的资格，在内心深处做着大汗之梦的也大有人在。而我这个任用了一大批汉人，用汉法治国的大元皇帝，恰恰使他们心存质疑，担心有朝一日蒙古人的大汗之位将不再为蒙古人所有。毋庸讳言，我这个靠一大批汉人和汉人的道德学问在中原立国的元朝皇帝，终其一生都将遭受传统蒙古人的这种质疑。而对付这种质疑的最好办法，就是证明我是比其他蒙古人都更加无愧于成吉思汗的继承者。

成吉思汗之所以是成吉思汗，在于他对世界伟大的征服。我忽必烈之所以是忽必烈，在对世界的征服这一点上，也应该能与我的祖父相媲美。但我面对的世界，和我祖父面对的世界已有很大不同。在蒙古人快速兴起的成吉思汗时代，整个世界对他来说是尚未开拓的荒地，他挥动他的马鞭和长刀，可以向东、向南、向西任意驰骋。而在经历了成吉思汗、窝阔台汗、贵由汗和蒙哥汗的时代之后，现在术赤兀鲁思、察合台兀鲁思、窝阔台兀鲁思，还有旭烈兀兀鲁思雄踞西北各处，大元帝国不必要，也不可能再朝那些方向继续征服扩张。而向南，随着南宋皇朝的终结，元帝国的扩张已经穷尽了这片大陆的边缘。还有哪里是继续扩张的目标呢？自然就是悬诸海外的那些土地，而首当其冲的就是日本。

我征服日本的雄心由来已久。从至元二年（1265）开始，数度遣使前往，令其来朝；但日本方面终倨傲不理。至元十一年（1274）三月，我命凤州经略使忻都等率屯田军、女真军及水军一万五千人，乘大小船只九百艘，渡海征日本。十月，元军攻入日本对马、一歧等岛，与当地守军激战，但因指挥不统一和箭矢缺乏，在取得一定进展后撤退回国。这次征日时机不当，当时我朝正倾全国之力进行灭宋之战，不可能投入大量军

179

队，可算是对日作战的首次尝试。

至元十七年（1280）二月，我获悉五年前派出的使臣杜世忠等被日方杀害，忻都等请求立即率兵讨伐，但因当时北边昔里吉叛军正连续侵扰和林，我与大臣廷议后决定暂缓用兵。到五月，我召大将范文虎回京商议征日本事，而后发兵十万令其统领，后改而使用江南新附军队作为征伐日本的主要力量。

至元十八年（1281）正月，我下旨组建征日本行省，以阿刺罕、高丽国王王睶为右丞相和左丞相，范文虎、忻都等为领兵将领。出征之前，我把阿刺罕、范文虎等召到京师亲加训谕："朕闻汉人言，取人家国，欲得百姓土地，若尽杀百姓，徒得地何用？又有一事，朕实忧之，恐卿辈不和耳。假若彼国人至，与卿辈有所议，当同心协谋，如出一口答之。"但我所忧，不幸言中。

七月，两路大军先后抵达日本鹰岛、平户岛一带，但行省官员与领兵将领商议如何进攻太宰府时争论不一，彼此不和，于是逗留不进将有一月。八月一日夜间，忽然飓风大作，波涛如山。为防止海浪颠簸，我军舰船大多捆绑在一起，谁料在飓风袭击下相互碰撞，军士因舟坏纷纷坠海而死。五日，范文虎等诸将欲各自选择坚好舰船逃归。参政张禧反对道："士卒溺死者半，其脱死者，皆壮士也。曷不乘其无回顾心，因粮于敌，以进战。"但范文虎已无战心，说："还朝问罪，我辈当之。"于是诸将乘船逃归，十余万军士被遗弃于岛上，群龙无首，被日本军队击溃。蒙古人、高丽人及汉人统统被杀，江南新附军士则多被掳为奴隶。这次大举征伐日本，因飓风袭击而惨败。而日本方面因这场飓风挽救了国家命运，崇拜其为

"神风"。

传说由秦始皇时代徐福带三千童男童女漂洋过海建立起来的日本，是我一统华夏大地之后建功立业的新希望。如果这个希望成为现实，我就能使蒙元帝国的扩展更上一层楼，使其成为横跨亚欧，囊括陆地和海洋，混合了游牧、农耕和航海的前所未有的世界大帝国。而征服日本的失败，使这希望终结。

这次征伐失败对我信心的打击是沉重的。使我心有不甘地认识到，再强悍的征服者，其征服也有边界。我从战无不胜的祖父那里继承下来的马鞭和长刀，碰到了一堵墙壁，这墙壁是无形的、柔软的，但却不可逾越。

这墙壁就是海洋。

失败使我痛苦。但使我深感痛苦的不仅是对外军事征服上的失败，还有在朝廷内部用人的失败。这种失败并不是没有用对人，而是我用对了的两种人，我所倚重的两派大臣，在朝廷中势若水火，互为仇敌。这就是以阿合马为首的色目人理财臣僚，和我的金莲川旧臣为主体的汉人儒臣。孟子曰："鱼我所欲也，熊掌亦我所欲也，二者不可得兼，舍鱼而取熊掌者也。"但对于我这个大元开国君王来说，汉儒，我必用也，色目理财之臣，我亦必用也，不能取一去一。但这两种人和两派势力互相抵抗了二十年，同朝为臣却最终到了你死我活的地步，这种严重性是我没有料到的。

阿合马是一个媵人，本是吾妻按陈王府中的奴仆，因精明能干且生性诙谐善讨欢心而受宠于主，在察必出嫁时作为陪嫁来到了我的身边。而我的汉人幕僚，从第一个到我身边亦师亦友的刘侃开始，全都是有名有望的文人学士，可谓贤人。一群贤人和一个媵人，其地位的高低尊卑是显而易见的。

情势的变化起于李璮叛乱。李璮反叛于我对汉人的信任是重重一击。而被我委以重任的理财能臣王文统，作为李璮的旧属和岳父，明知其异，却没有向我通过半点风声，更使我感到心寒齿冷，这才是我杀他的主要原因。而先前受到王文统压抑的色目人趁机攻击汉人臣僚道："回回人虽时盗国钱物，未若秀才敢为反逆。"这种攻击是很有力的，确实，在小偷小摸和大胆叛逆之间，为君者必须要有个取舍。李璮之叛动摇了我原先对汉人臣僚的倾心信任，而色目人大都是蒙古军队征服掳掠来的仆从和奴隶，对蒙古主人却始终是追随和竭力效忠的，因为离开了主子他们便失去了安身立命之所。对广大汉地而言，蒙古人和色目人都是居于少数的外来者，在大多数蒙古人看来，其与色目人的亲和度远胜于汉人。而任用色目人为官，既可以牵制汉人，防备其怀贰坐大，又能造成色目人与汉人的角逐，更利于以君权平衡之。中统三年（1262）王文统被诛，朝中缺乏得力的理财大臣，而穆斯林商人出身，在府中又把钱财之务理得井井有条的家臣阿合马，即被我任用为领中书左右司，兼诸路都转运使，专门委以财赋之事。到至元元年（1264），阿合马理财聚敛的本事甚合我意，于是我拔擢其为中书平章政事。直到至元十九年（1282）晋升为左丞相。在这期间阿合马一直掌管帝国财政，多数情况下还主持朝廷庶政。这样一位媵人和家臣出身的朝官可谓青云直上，其恃宠专权、小人得志和行为不检的情况肯定是有的，引起汉僚儒臣们的不满也是意料中之事。我听说阿合马曾向王鹗求取碑文，王鹗拒之道："吾之笔，乃为明主拟诏所用，岂可为佞臣书碑文乎？"

阿合马又出重金转托王鹗希望举荐他入相，王鹗愤而掷笔曰："吾以衰老之年，无以报国，即欲举任此人为相，吾不能插驴尾矣。"王鹗是我的藩邸旧臣，性情刚直。他如此低看阿合马，其他藩邸旧臣们如何看待阿合马也就可想而知了。可以说，阿合马一党是以利为行事之先，而我的一班儒臣是以义为立身之本，义利相抵，有时竟如战场上戈矛相搏。与阿合马冲突最烈者是张文谦、廉希宪、许衡和安童。

张文谦是深得我信任的藩邸旧臣，自中统元年（1260）即任中书省左丞。在阿合马领中书省左右部之时，见其总司财赋，凡事越过中书省直接奏闻皇帝，就曾抨击："分制财用，古有是理。不关预中书，无是理也。且财赋一事耳，中书不敢诘，天子将亲莅之乎？"那次我支持了张文谦。阿合马担任平章政事和主持尚书省后，两人抵牾日多。因阿合马受我重用，张文谦先降为参知政事，后改任大司农卿。但张文谦好善疾恶、敢进直言的禀性不改，对于阿合马榷卖盐铁及农器，抬高价格以抑民户，诸路运转司怙势作威、害民干政等弊，屡次在廷前极论其害。我也多次听从其言，下令罢之。当然阿合马耿耿于怀，亦屡屡中伤张文谦。至元十三年（1276）张文谦转任御史中丞，一年后为避其害辞职避位去主持修订《授时历》，远离了朝廷枢要官府。

廉希宪从中统二年（1261）到至元三年（1266）一直任中书省平章政事，阿合马领左右司时，平章廉希宪曾因其过杖责过他。从媵人受杖而贤人主持这件事上，可以看出他们与我关系的区别。廉孟子与我是君与臣，而阿合马与我是主与奴。但有时乖巧的奴仆用起来会比耿直的臣子更得心应手。阿合马升为平章后，起先地位排序仍在廉希宪之下，二人为按司废立发生争执。阿合马为其行事便利主废："庶务责成各路，钱谷付之转运，必绳治若此，胡能办事？"廉希宪为监督其权主立："今立台察，不独事遵古制，盖内则弹劾奸邪，外则察视非常，访求民瘼，裨益国政，无大此者。如君所言，必使上下专恣，贪暴公行，然后事可集耶？"耿直的廉希宪说得有理，但能干的阿合马我依然得放手去用。后来廉希宪罢相居家时，阿合马乘机污蔑他每日和妻儿子女宴乐。我却深知廉孟子清贫，无以设宴。阿合马虽忌他谗他，但我也不容一个权臣去害一个忠臣。若干年后，阿合马惧怕廉希宪重新入相，特意上表举荐他以右丞相行省江陵，我准其奏，让他们各行其是。

对阿合马屡执非词的是藩邸理学家们的领袖许衡。这位许老夫子崇尚义理，生性迂阔，与我从未像姚枢和窦默那样亲近，但我始终尊他为贤。阿合马任平章政事不久，许衡奉旨议事中书省，上疏议论朝政："其为心也险，其用术也巧，窥人君之喜怒而迎合之，爱隆于上，威擅于下，徒知敛财之巧，而不知生财之由。"虽不指名，人皆知道是在抨击阿合马专权无上，蠹国害民。当阿合马其子出任枢密院佥事，以典兵柄时，许衡立即上奏曰："国家事权，兵民财三者而已。父尚书省典民与财，而子又典兵，太重。"我召他面问："卿虑阿合马反侧耶？"许衡回答："此反侧之道也。古来奸邪，未有不由如此者。"为了警戒一下阿合马，我告以许衡之言，望其自敛。阿合马竟面诘于许衡："公何以言吾反？"许衡答曰："吾言前世反者皆由权重，君诚不反，何为由其道？"阿合马反责许衡："公实反耳。人所嗜好者，势利爵禄声色，公一切不好，欲得

184

人心，非反而何？"这又是先前色目人趁李璮之叛攻击汉人臣僚之言的翻版："回回人虽时盗国钱物，未若秀才敢为反逆。"许衡只好说："果以君言获罪，亦无所辞。"

由此阿合马对许衡怀恨在心，图谋因事中伤之。多亏右丞相安童庇护，至元八年，许衡改任集贤阁大学士兼国子监祭酒，离开朝廷中枢，才免遭伤害。而阿合马在朝中最大的政敌，正是安童。

安童虽然出身蒙古勋贵，但自幼是真金的伴读，受姚枢、窦默、许衡等影响颇深。色目人廉希宪被称为廉孟子，安童亦可被称为安儒生。至元二年（1265），年仅十八岁的安童由宿卫官拜中书右丞相。因其重用儒官，故与阿合马屡生冲突，而阿合马也屡屡想将其架空。至元五年（1268），阿合马谋立尚书省并以己领之，事先奏请安童宜进为三公。我诏命诸儒臣讨论可否，商挺力抵阿合马之要害："安童，国之柱石，若然，则是与虚名而夺实权，甚不可。"我允其说。至元七年（1270），阿合马转任尚书省平章，擢用私人，不由部拟，不咨中书，与安童为首的中书省以权相争。安童上奏："尚书省、枢密院宣奏，并如常制，其宏纲大务，从臣等议定，然后上闻。已有旨俞允。今尚书众务一切径闻，似违前奏。又，阿合马所用官员，左丞许衡以为多非其人。"我调解于二人之间，谓安童曰："岂阿合马以朕颇信用，故尔擅耶。不与卿议，非是。敕如卿所言。"又以此追问阿合马，阿合马却答曰："事无大小，皆委之臣，所用之人，臣宜自择。"毕竟阿合马理财办事更得我心，于是以分权在二相间达成妥协："唯重刑及近上路总管，始属安童；余事并会阿合马。"这样的左安右抚，

185

在某种程度上是架空了安童的中书省。

　　到至元八年（1271）后，我的藩邸旧臣一个个被能干的阿合马挤出枢要。随着尚书省并入中书省，右丞相安童与阿合马冲突愈烈。至元十一年（1274），安童见阿合马擅权甚，奏其蠹国害民数事和各部、大都录用多非才。又奏："阿合马挟宰相权，为商贾，以网罗天下大利，厚毒黎民。"阿合马当庭争辩，安童举出其属下左司都周祥以官买物私用之罪状。我罢黜了周祥，但放过了阿合马。因为谋官贪利虽然不廉，在我看来并不是能够动摇朝廷基业的大罪。如果从另外的角度看，这些被汉人和儒臣指责的罪况，诸如任人唯亲和投机牟利并不能算太大的事情。安排亲信入朝为官是可以理解的，为了排除对手并推行其政，阿合马需要把自己的人安插到重要的位置上。组织这样任人唯亲的党系当然要受到儒家信条的责难，但在官僚体系中若没有自己的人，又如何能做得成自己的事呢？而阿合马所做的事，正是我极为倚重的。连年来不断的南征北御需要大量的钱财，而汉人和儒臣们勇于言义耻于言利，除了阿合马哪一个汉人儒臣能供给我所需的大量金钱支持呢？至于阿合马恃权迫害异己忠良的种种罪状，他不倒台，就还没有到我要认真追究他的时候。

　　平心而论，在安童等与阿合马的政争中，尽管皇后察必和太子真金都站在阿合马的对立面，但我对阿合马确实是有所偏袒。我当然希望与我有着近乎父子之情的安童成为朝廷的柱石，安童是个蒙古人，可他的所学所做却太像一个汉人儒臣了。他不能为我解决理财等实际问题，当然就不如阿合马实惠有用。尤其是在至元十二年（1275）漠北和江南同时用兵，财赋供给浩繁的情势下，我调离安童去辅佐皇子那木罕，而让阿合马独理朝政，当属无奈之举。而我的藩邸老臣们在此期间一个个相继离世。

至元十一年（1274），我的第一个汉人老师、挚友和臣僚，被我赐名为刘秉忠的刘侃去世了。同年郝经去世。

至元十二年，史天泽去世。

至元十三年，赵璧去世。

至元十五年和十六年，姚枢和董文炳去世。

至元十七年，杨惟中、廉希宪、窦默和八思巴相继去世。翌年许衡也去世了。

这些政治对手的离去，使得阿合马愈加强大，权倾朝野。

但无论如何，平衡臣下与家奴的权争，调解儒家道德与理财需要的冲突，在义与利的天平上增减重量，这都是我作为一代君王的统御之术和张弛之法。而最后的结果竟是阿合马被一伙闯入宫中的汉人所击杀，这是我绝没有料想到的。汉人有一句话叫"打狗也要看主人"。阿合马再多不是，毕竟是对我极其有用的一条看家狗，居然被人闯到家里来杀掉了！这使我极为震怒，也是我绝对不能容忍的。

# 二十二

我的元帝国有两座都城，开平为上都，燕京为大都。

我在即汗位之初的几年，开平一直是实际上的都城。后来随着大都的建成使用，我便开始在上都和大都之间岁时巡幸。每年春二三月，从大都出发赴上都；秋八九月，又自上都返回大都。春秋恒时，岁岁如此。

至元十九年（1282）春，我照例北上巡幸，太子真金随行。左丞相阿合马和枢密副使张易等留守大都。三月十九日驻跸在察罕脑儿，黎明时分忽然得到御史中丞也先帖木儿驰驿急报：左丞相阿合马被一群汉人吏民暴动杀死！

这个消息让我极为震惊又人为震怒。我得知事情经过是这样的：

三月十七日，暴乱之众先在大都北面集合，然后分作两路：一路由乱首王著结伙八十余人先行夜入大都；另一路由乱首高和尚率众两千北上控制居庸关，伪造仪服器杖，装扮成太子真金的行从，缓缓南下。十八日黎明，王著派遣两名吐蕃僧

188

人入诣中书省，传言当夜皇太子与国师将来做佛事，令置买斋物。省官不敢尽信，让太子宿卫高镧前来辨认，觉得有疑，遂将二僧拘留。

这天中午，王著又派崔总管矫传太子真金令旨，让枢密副使张易发兵若干，夜会于东宫前。王著本人还驰骑会见阿合马，面告太子真金将至，命令留在大都的中书省官员全部在东宫前迎接。王著的身份是宿卫军中的千户长，阿合马自然不疑，派中书省右司郎中脱欢察儿等数骑出关迎接。

脱欢察儿等人自然识得太子真伪，到了伪太子行队之处即被高和尚杀掉。然后伪太子一行及数百仪卫夜晚进入健德门，直趋东宫西门，上前呼唤开门。负责守卫东宫的张九思和高镧知道平日太子回宫，总是以完泽与赛羊二人为先导。此次高镧呼二人名，竟不得回应，于是存疑而拒开西门。王著、高和尚等一干叛众不得不沿宫墙转趋南门。而阿合马率领中书省、枢密院、御史台等官员和张易所派之兵已在南门迎候。王著、高和尚等抵南门后全部下马，唯独伪太子在马上指挥。

伪太子先呼唤阿合马率中书省官员上前，待到面前时，叱责阿合马数句，或许阿合马已觉出不对，王著即牵起阿合马，以袖中铜锤猛击其头，当场毙命。接着将阿合马亲信左丞郝祯杀死，而右丞张惠被缚。此时由西门赶至的张九思和高镧看出有诈，急命卫士拼力捕贼。留守司达鲁花赤博敦梃击伪太子坠地，王著束手就擒，而高和尚等逃窜。

闻报此事，我苦思之，觉得其中有一大关键，还有一大疑问。

关键之处是暴乱者必须伪以太子之命召阿合马出迎，方能完成预定的刺杀。

矫太子之命召阿合马出迎，必然知道阿合马与太子真金的恩怨过节。太子真金是在汉儒们的熏陶下长大的，在阿合马与儒臣的对抗中，自是站在汉儒们一边。但与汉儒们不同的是，汉儒们仅是其政敌，真金却又是其主子。阿合马可以恃权对汉儒们肆意妄为，对太子真金却不能不心存忌惮。况且此前在处理崔斌一案时，他已大大地得罪了太子。崔斌是丞相安童推荐和太子真金属意的人才，曾任中书省左右司郎中，因多次弹劾阿合马，遭致嫉恨。当崔斌调任江淮省左丞时，阿合马借口理算江淮行省钱谷，诬崔斌等盗官粮四十七万石，没有最后查证定案，就急将崔斌杀了。太子真金听说崔斌被捕时正在吃饭，投箸恻然，立即派出使者前去制止，使者未到，崔斌已被行刑。为此真金怒不可遏，立即命人将阿合马召至东宫严词责问，阿合马为己辩解，真金气得两手发抖，顺手拿起一张弓击伤了阿合马的脸。上朝时我问起阿合马的脸伤，阿合马掩饰说被马踢了。真金当场大骂阿合马，明言是被他用弓打的，并指责他残害忠良，无法无天。我闻知崔斌被冤杀固也恻然，严词训斥了阿合马，但崔斌已死，总不能让正堪大用的阿合马以命抵之吧。当时朝中，阿合马心中尚有畏惧的，除了我这个皇帝也就只有太子真金了。阿合马与儒臣们的义利之辩，尚属政见不同，但毕竟在枉杀崔斌一事上，是大大地得罪了真金。而真金是本朝太子，在我百年之后将接替大位，作为奴才，阿合马自然不敢将其得罪到底，或许正想寻机予以补偿。而叛乱者正是抓住了这一处关键，才得以成功刺杀了这位朝廷重臣。

而疑问之处是负大都留守之责的枢密副使张易在此事件中

的所作何为。

谋叛者王著派人伪传太子之命到中书省，省官有所怀疑，所以将传命的两位吐蕃僧人拘下。而王著派崔总管矫传太子令至枢密院，枢密副使张易则丝毫不疑，派兵至东宫前迎候。枢密院派兵如常，则阿合马自然也不疑，出迎如常。当他站到伪太子面前时，想疑也来不及了，王著的铜锤已击于头上，一命鸣呼。直到张九思和高鑛率兵赶到，王著方掷锤于地束手就擒。试问，当王著击杀阿合马时，张易何为？杀死阿合马亲信郝祯和捆缚右丞张惠时，张易又何为？据东宫宿卫高鑛事后奏报，当夜他在宫门外碰到张易，问派兵宫门之事为何？张易曾附其耳言："皇太子来诛阿合马也！"

阿合马被刺给我的震动，绝不亚于当年的李璮之叛。我立即抵达上都，命令枢密副使勃罗、司徒和礼霍孙和参政阿里等急往大都，予以严厉镇压。

二十日，枢密副使勃罗率中央禁军追捕高和尚，在高粱河畔，太子宿卫高鑛和高和尚对战，数十回合后，高和尚并无败象，却亦如王著一样，放下武器，束手就擒。

王著和高和尚作为叛首，自然是要以罪问斩，以儆效尤。这一点无须讨论。

问题在于如何处置张易。

张易是我金莲川幕府中的老臣，属于邢州术数家之群。早年和刘侃、张文谦、王恂等就学于邢州之西的紫金山书院，有同窗之谊。因为刘侃的关系，他和张文谦都深得我信任，历任中书省参政、右丞、官至中书平章、枢密副使，兼知秘书监事。至元十年（1273）以后，我的藩邸汉人旧臣均因和阿合马的冲突离开了朝廷中枢，唯张易尚能"傍若无与己"，和阿合马继续共事。唯一的冲突，是阿合马欲为其子谋求枢密院的职务，而张易不允。或许这就是张易坐视叛乱者杀掉阿合马而无所作为的原因。

在与太子真金、玉昔帖木儿、勃罗、和礼霍孙等讨论张易一事时，刑部官员认为，张易本就与高和尚、王著有交往，几年前就曾因言传高和尚身有异术，举荐其率兵北征，未证其异术而还。此次叛首恰为高和尚，而张易作为枢密院长官，竟出兵助之，应查其同谋之罪，传首九边！

列席讨论的张九思则说："张易不审，而授贼以兵，死复何辞！若坐以与谋，则过矣。请免传首。"

玉昔帖木儿道："刑部与张九思所论，各有其据。臣以为张易可以应变不审定罪，免于传首九边。右卫指挥使颜义不明真相，已在混战中中箭身亡，其家属不予追究。而崔总管不明真相，为贼利用，可处以死刑。"

太子真金也同意他的意见。

我浩叹道："失责之罪，不得不究，你们就按此处理吧。"

罪名是这样定了。但负有大都留守之责的枢密副使张易，在此叛杀阿合马事件中，到底充当了什么角色？仅是不审之误？或是知情不报，故意与叛众里应外合？更有甚者，是否为这次叛乱的主谋？而其身后是否还有同谋者？这些问题越想越使我心惊魄动。不理清楚，难以安睡。

是夜，我把汉人宿卫典瑞少监王思廉召至行殿，屏去左右，问道："你与张易一向关系不错。张易反叛，你知道吗？"

王思廉答："是不是反叛，我不能确定。"

我怒道："他反叛都已经反叛了，你怎么还不能确定？"

王思廉答道："僭号改元谓之反，亡入他国谓之叛，群聚山林，贼害民物谓之乱，张易之事，臣实不能确定其是反、是叛，还是乱。况且，臣又闻王著和高和尚这两个聚事之首，击杀阿合马是何等决绝。但当阿合马被除后却都束手就擒，不再反抗。或许阿合马之死只是他树敌过多，积怨过深，恨之入骨者必欲除之而后快。王著等人此举虽然大惊圣驾，但实乃唯诛阿合马，并不反对圣上。"

他这样一说，使我想起事后各种奏报中，有一则令我心惊："阿合马被杀后，军民尽分脔其肉而食，贫人亦莫不典衣，歌饮相庆，燕市酒三日俱空。"阿合马为相为人积怨至此，是我所料不及的。

我看着王思廉道："朕往者，有问于姚枢、窦默，其应如嚮，盖心口不相违，故不思而得。朕今有问汝，能然乎？"

王思廉点头应然。于是我问出了藏在心中的一个重要问题：

"你与张易为友，与张文谦亦为友。张易所为，张文谦知之否？"

王思廉并不犹豫，即答曰："张文谦不知。我确与张易为友，与张文谦亦为友。但张文谦被阿合马排挤出朝堂，鄙张易仍能与阿合马共处一室，二张不复为友已数年矣。臣故知张文谦不知。"

我长长叹息了一声。姚枢、窦默、刘秉忠一干老臣已去，我所信任的张易竟然卷入了对我所重用的阿合马的刺杀无以脱罪，剩下的一个老臣张文谦，我还能够予以信任吗？

灯光下，我默默注视王思廉良久，王思廉神色坦然，平静如常。如果王思廉的话是可信的，那么张文谦就还是可信的。因为长久以来元廷向有委汉人官员担任枢密副使的惯例，在张易被问罪之后，一般汉人担任此职已不能使我放心，我也只有推出这位被阿合马排挤出去的藩邸老臣了。

东宫乱事三天后，王著、高和尚、张易等一同被绑赴刑场。据说临刑前王著气概慷慨，大呼："王著为天下除害，今死矣，异日必有人为我书其事者。"而张易则神情淡然，赴死有如赴宴。

毕竟张易是从金莲川开始就跟随我数十年的老臣，犯此大事不杀不足以警众，而杀之我心恻然。为尽君臣之义，刑前我曾秘密提审过他，问他道："是何人令汝如此大胆？"张易俯首答曰："臣自少即追随陛下创业天下，皇上即臣之至上，皇后即臣之至尊，皇太子即臣之至要。除此之外，似也可称目中无人，唯余我大元王朝于天地间之大业！若能以此头颅为陛下换回百年盛世，臣死亦足矣！"由此我想到，在阿合马被杀事件中，张易或许并非只有不审之责，而是处心积虑，深入了事件的核心。在反对阿合马这一点上，他与张文谦是一致的。至于他在数年前与张文谦的交恶，仅仅是为了保护张文谦，使他不至卷入谋杀阿合马的案子中去。或许那时张易就料到与阿合马的冲突最后必须以取其性命的方式才能了结。而这些年在汉人儒臣们一个个被阿合马逼走之时，唯有他与其虚与委蛇，留在了枢密副使这个重要位置上，为的就是这样一天吧。想到此，我不禁仰天浩叹：汉儒所重之义，与色目财臣所重之利，真的是那样形同冰炭、水火不容吗？而当年理财能臣王文统之死，或许是给他这个位置下了一个不祥之谶！在他之后当上理财之臣的人，虽然个个权重一时，竟然没有一个是能够善终的。

阿合马死了。对于他固然毁誉参半，但毕竟是为我所重用、为大元朝廷效忠了二十年的重臣；我颁赐重金，派朝廷大臣予以礼葬，极尽哀荣。但仅仅过了一个多月，死去的阿合马竟以一种与其生前完全不同的目面被众人摆放到了我的面前。

先是有两名西域商人检举：他们曾有一颗巨型钻石请阿合马献给大汗，却一直未得到大汗的回赏。而我这个大汗从来就没有见到过他们献上的那颗巨钻，于是派人到阿合马的宅中搜取，果然在其爱妾的住处找到了这无价之宝。这件事使我大为震惊，我从未想到这个随从察必陪嫁过来数十年一向顺从无比忠心耿耿的宠臣竟会如此大胆地欺骗他的主人。以这一事件为始揭开了许多隐藏于阿合马恭顺笑脸之后的罪恶：如当伯颜灭宋凯旋之时他赶在众人之前往迎之以便索贿。当清廉的伯颜无贿物可行时，他竟诬陷伯颜和阿术这两位南征功臣，使他们险些身陷牢狱之灾。对伯颜和阿术尚且如此，对其他人等也就可想而知了。于是我下令查抄其家，除抄出无数奇珍异宝外，竟在柜子里发现了两张熟制过的人皮，据他府中掌管钥匙的阉人交代，这是专门为了设蛊诅咒政敌用的。受命抄家的玉昔帖木儿追问都曾诅咒过谁？其夫人供说有史天泽、安童、廉希宪等，一直到被他枉杀的崔斌和秦长卿，真是一言难尽。除两张人皮外又发现两幅图画，在二重绢上画甲骑数重，围守一幄殿，兵皆张弦挺刃内向，如击刺之为者。另有占卜者曹震圭与王台判二人，曹姓者为阿合马推算过生辰八字，言涉不轨；王

195

姓者妄引图谶，说阿合马有帝王之相。玉昔帖木儿将赃证交与我时说道："阿合马曾言回回人只想赚一点儿国家的小钱，不会造反。如今看来，这厮何止是广聚钱财，图谋不轨亦未可知！"

我只能诧叹："没想到这奴才如此无法无天，胆大妄为。王著与张易杀之，诚是也！"籍没阿合马家产入官之际，中书左右丞及尚书省掾张思明抱案牍入宫，将查抄之财物逐一奏读，我因心内烦恼，便以此声为之催眠，岂知自黄昏到黎明时尚未读完。我实在惊讶，想不到这样一个人竟能在我的眼皮之下于家中积累如此之巨的财产！那么这个阿合马究竟是为我理财、为国理财、还是为他一己之贪心理财呢？于是我下令将其家产尽数充公，将其所占田产归还原主，并挖开阿合马的坟墓，剖棺戮尸于通玄门外的广场之上，车碾其身，狗食其肉。大都城内百官士庶聚观称快。他的四个儿子因为作恶多端也被处死。

我还从奏报得知：当其长子忽辛被逮捕，由廷臣审问时，忽辛竟历指朝臣道："汝、汝，及汝曾使我家钱物，何得问我？"众廷臣面有愧色。此时只有参知政事张雄飞挺身而问："我曾受你家钱物否？"忽辛说："唯公独否。"于是张雄飞道："如是，则我当问汝矣。"忽辛这才认罪服罪。由此可以想见阿合马受贿以财，行贿以钱，在朝中弄权舞弊到了何种地步！

阿合马死后被清算，查出他在省部的同党竟有七百人之多，一百余人先被革职，其余五百余人后来也被相继罢黜。如此一个大奸若忠之人，若任其善终，真不知会是何种结果。

# 二十三

至元十八年和十九年，在我的一生中，是内心震荡最为激烈、承受压力最为沉重的两个年头。

至元十八年，被我寄予厚望的渡海征伐日本行动惨遭失败。

这一年，我还遭受了另一个重大的打击，伴我大半生的皇后察必也因病先我而去。毋庸讳言，在她离去前的数年，我对她的宠爱已远不如从前了。

疏远察必的原因之一是她毕竟年老色衰，伴我入眠的更多是年轻漂亮的妃子；更主要的原因是她对朝政国事之见屡屡与我相左相忤。现在看来，阿合马在朝中的飞扬跋扈目中无人，与我的信任与纵容大有关系；而皇后察必在朝臣政争中始终站在汉儒们的一边，与当年陪她随嫁而来的家奴阿合马已断了主仆之义，而枢密副使张易则成了她时常召问的忠仆。据不甚确切的私下传言说，察必临终之前曾有遗诏交给张易，张易参与剪除阿合马之事或许正是皇后遗诏所嘱。但我审问张易时，张易绝口不提有皇后遗诏之事，我自然也不能深入问之。若真的问出杀死阿合马乃皇后遗诏所命，该当如何处之？

当察必魂归长生天之后，我才发现一个皇后的分量实在是远胜于数百嫔妃。那些漂亮丰满伴我过夜的年轻肉体远远不能填补察必离去后在我心灵上造成的巨大空洞。在一系列的故人和最亲的亲人离去之后，我终于意识到自己的身体已进入老境，心灵也渐趋疲惫。在不远的将来，自己也将被长生天召唤离去。

而到了至元十九年春天，阿合马死了。他的死最初使我震惊、伤心，后来才知道是死有余辜。张易死了。他的死是我不得不杀，有诸葛亮挥泪斩马谡之憾。当阿合马的罪行被揭露之后，才想到如果当时不杀张易，或许在我的晚年会多一个可以依靠的肱股之臣。虽然张易的绝交行为保护了张文谦不受牵连，我以张文谦继任枢密副使这个汉人的职位，但举目朝中，当年刘侃、姚枢、窦默、王鹗、郝经、赵璧、杨惟中、廉希宪、赵良弼……那样硕儒名士群贤满廷的场景却是一去不复返了。阿合马这个巨奸的原形毕露，使我考虑数年来在施政的天平上利重义轻的状况必须有所改变，但我可以用的堪为道德楷模的重臣名士又在哪里？

这时候，有人提醒：远在天边，近在眼前。

文天祥。我忽然想到了这个名字。而这个不肯投降的南宋名臣，被我软禁在大都已经有三年之久了。在这三年中，世事有许多改变，人事也有许多改变，那么，文天祥这个人的心事，是否也会有所改变呢？

的确，在三年之前，我数次派人劝降，都被他拒绝了。但我既没有杀他，也没有辱他，留在都城，优遇以待，如虎在柙，可算天地有容之量了吧，将心比心，他亦应知。汉人有一句话：精诚所至，金石为开。文天祥之为人，固然可以视之为纯金坚玉，但若我以为人之至诚，以为帝之至尊亲自劝说，他这个金石之才，就真的不会为我所开吗？如果有幸能够说服这位经天纬地之才为我所用，那么经历数挫的大元朝政，是否将沛然有一番新的气象？这时候，这位曾经的劲敌，成了我最想与之竭诚相交的朋友。

这一年的年末，我将文天祥召至殿中。这是我和他的第一次正式见面；是一个皇帝和一个囚徒的见面；一个胜利者和失败者的见面；但我刻意要表现的，是两个在人格上平等的人的见面；按孔子的说法，是一个年近七旬、从心所欲不逾矩的老人，和一个年近五十已知天命的中年人的相见。

我没有要求他对我跪拜，而是请他与我以主宾身份相对而坐。

我以蒙古奶茶待之，他饮之泰然。

我说，既然蒙古人之奶和汉人之茶可以共融于一盅之内，那么，朕与卿可否共济于一堂之下乎？

文天祥说，水乳可融，但昼夜必分。我与王虽然共处于一堂之下，但主客之位岂可混同？

寒暄既过，切入正题。

我语态诚恳："汝移所事宋者事我，当以汝为相矣！"

他意思分明："天祥受宋恩，为宰相，安事二姓？愿赐一

199

死，足矣。"

我说："生之不易，何急就死？你们汉人的先贤司马迁，身受腐刑，受辱莫过于此。如求痛快一死，何有泱泱《史记》？"

文天祥微笑对曰："人有大义在生者，亦有大义在死者。太史公之大义在于以笔书简，故必求生。而文某之大义在于以命报国，故必求死。王既知司马迁，想必亦知伯夷、叔齐。若二者乐食周粟而不死，后人于义何能高山仰止？后人虽誉周文贤于商武，无损于伯、叔之节也。"

这一次劝降，没能成功。但我不忍杀。

此前曾劝降过文天祥的南宋降臣王积翁联合其他降臣十余人上书道："天祥虽骨硬不降，若令其为道士，释之回乡，他日或可顾问与朝，亦未可知。"

但另一降臣留梦炎坚决反对道："天祥出，复号召江南，置吾等人于何地！"

同在这一年末，福建奏报，有僧人告变曰："土星犯帝座，疑有乱。"

广东奏报：中山之地有狂人自称"宋主"，有兵千人，欲取文丞相。

京城亦有匿名书信出现，言："某日烧蓑城苇，率两翼兵为乱，文相可无忧者。"

此书中的文相，当是指文天祥。而大都的城墙为夯土所筑，为防雨水冲刷，编芦苇如蓑衣状覆盖其上。数月前京城曾有暴乱，军民人众入东宫杀死阿合马。此信中所言以烧蓑城苇为事变之号，自然不可不防。于是京师戒严，命撤城苇。同时将南宋宗室及瀛国公迁至上都开平。（这位被封为瀛国公的亡宋幼帝赵㬎，后来成了藏地萨伽寺中的一名得道高僧，也是人生无常之一例吧。）

伯颜和阿术等建议：为安社稷，当去天祥矣！

但我还想再做一次努力，亲赴羁押他的馆舍中见他。

文天祥让一直陪伴于他的张弘毅以泥炉瓦壶烹清茶以待我。

我饮其茶，既釅且苦。置杯视其良久，曰："汝不为宰相，则为枢密。"

曾经为敌，今授予刀。对于这个昔日战场上的劲敌，我可以让他出掌管理兵权的枢密院，这是我向他表示出的最大诚意了。

文天祥的回答依然是："一死之外，无可为者。"

然后亦视我良久，又曰："孔曰成仁，孟曰取义，惟其义尽，所以仁至。读圣贤书，所学何事，而今而后，庶几无愧。"

至此，我再也不能说什么了。

辞别时，文天祥将他写于案上的一卷纸书赠予我。我回宫展而读之：

天地有正气，杂然赋流形。

下则为河岳，上则为日星。

于人曰浩然，沛乎塞苍冥。

……

201

这就是他的那首《正气歌》。我知道，文天祥不能以他的生来成全我，而我必须以他的死来成全他。这首诗固然慷慨之极，但如果没有其作者的壮烈之死来做注脚，那么歌中的那股凛然正气，也就难以留传后世。

于是至元十九年（1282）十二月九日，文天祥被押至大都柴市行刑。市民观之如堵。我特派宣使到处宣谕："文丞相乃南朝忠臣，皇帝使为宰相不可，故随其愿，赐之一死，非他人可比也。"

临刑前，监斩官问道："丞相今有何言语，回奏尚可免死。"

确实，直到屠刀落下前的最后一刻，我都在希望他能回心转意。

但文天祥道："死则死耳，尚何言！"只向监斩官索纸笔写下两首诗：

昔年单舸走维扬，万死逃生辅宋皇。

天地不容兴社稷，邦家无主失忠良……

……天荒地老英雄丧，国破家亡事业休。

唯有一腔忠烈气，碧空常共暮云愁！

书毕，问刽子手哪里是南方，南向拜曰："吾位居将相，不能救社稷、正天下，军败国辱，为囚虏，其当死久矣。顷被执以来，欲引决而无间。今天与之机，谨南向百拜以死。"然后从容引颈就戮，年四十七岁。

据后来人写的《文丞相传》记载，文天祥就义那天大风扬沙，城门昼闭，咫尺不见人。以我在宫中仰天所见，确实日色无光，或许是有感于他直冲上天的那股正气吧。

说来也许令人不信，文天祥之死，在某种意义上竟也是我走向死亡的开始。虽然此后我又活了十二年，但比起此前的大半生，已是强弩之末，苟延残喘了。

我的故事，已经基本叙述完了。

# 二十四

当然还有几个相关人物的结局需要交代一下。

昔里吉的叛乱于至元十九年失败了，被其手下执送来朝。我鄙视这个不忠的侄子，但并没有处死他，甚至不愿再见他一面，只是将他远远地放逐到这片陆地最南端的一个海岛上去了。我的祖父已在征战中杀了太多的人，而我在战场上，总是尽可能少杀人。而且在我的一生中，从未因政治歧见或心生怀疑就枉杀手下的臣子和僚属。

幼皇子那木罕和安童在被拘于北方多年后也被相继送回元廷。昔里吉的叛乱总算结束了，但他给我带来的创伤却难以平复。有人向我报告道，安童被拘留于叛王海都那里时，竟然接受过海都委任的官职，这使我大为震怒，考虑过该如何惩罚于他。幸而护送安童东归的石天麟为其辩解，说："海都实亲王，为内隙，非外敌也。"我才渐渐平息了怒火，后来还是根据其才干，委以宰相之职。

海都活得比我长久，他的叛乱前后持续了四十年，在我死后才被朝廷彻底平定。但他挑战我这个大汗和皇帝权威的努力，最终还是失败了。

皇太子真金却病死于我归天之前九年。

自成吉思汗建国以来，汗位继承始终缺乏固定的制度。蒙古草原家产分配习俗中长子优先和幼子守家的冲突，日益增长的汗权与忽里台贵族会议的冲突，各宗室支系之间的利益矛盾，都会在汗位交替时引发激烈的权力冲突、军事对抗乃至帝国的分裂。自我建元以后，在一批汉族儒臣的辅佐下思定国本，用汉地传统的嫡长子继承制来改变蒙古国汗位继承的混乱状态。于至元十年（1273）正式册立燕王真金为皇太子。至元十六年，正式批准真金太子监国。

但是越到我的晚年，皇帝与太子之间却嫌隙越大，猜忌日重。毋庸讳言，我的帝业成就，汉儒们功不可没。而真金自幼被汉儒们所教导，他的儒化远甚于我。但大元毕竟是蒙古人的王朝，真金毕竟是蒙古人的太子，一个完全儒化和汉化的太子，不能不使蒙古贵族们心有所忌，腹有所议。而在儒臣们与几任理财之臣阿合马、卢世荣与桑哥的对立冲突中，太子无一例外地站在汉族儒臣一边。这使必须重用理财之臣的我，也不能不与其议有分歧，心有嫌隙了。

至元十八年察必逝世后，面貌酷肖察必的其侄女南必继为皇后。这时我年事渐高，疏理朝政，宰相都难以直接朝见皇帝，往往通过南必皇后上奏政事。

至元二十二年江南行御史台监察御史上了一封奏书道："春秋高，宜禅位于皇太子，皇后不宜预外事。"御史台官员尚文接到这封迂腐汉儒的迂腐奏章后，生恐惹是生非，于是悄然压下，未予转奏。但阿合马余党答即古阿散闻之此奏，即将此奏之事报告于我，于是我命宗正府官员薛彻赴御史台索取。尚文感到事关重大，立即禀报御史大夫玉昔帖木儿："此事上危太子，下陷大臣，流毒天下民众，当是阿合马余党翻案之举。应抢先揭露，以破其谋。"玉昔帖木儿急忙与中书省丞相安童相商，入宫主动奏明事情原委。我闻之震怒，质问玉昔帖木儿和安童："汝等无罪耶？"安童进奏曰："臣等无所逃罪，但此辈名载刑书，此举动摇人心，宜选重臣为之长，庶靖纷扰。"安童的上奏，使我怒气稍解。最终答即阿古散及其党羽以奸赃罪处死，南台御史的禅位奏章之事以不了而了之。但是本就体弱多病的太子真金，听闻父皇震怒，心中恐惧不安，病愈重，不久即辞世了，年仅四十三岁。他的病固然在其身，但也在其心。

没有能够将权力遗交给早就立好的储君，这是我的一大憾事。更是汉儒们的一大憾事。真金这棵大树的倾倒，使得比起建国之初的汉儒之林已凋零不堪的汉人儒臣们失去依靠，在此后桑哥专权跋扈时所受的压制，甚至超过了阿合马专权时期。

至元三十一年，我在病危弥留之际，将知枢密院事伯颜、御史大夫玉昔帖木儿和中书省平章不忽木三位大臣召入禁中，诏以后事：以太子真金之子铁穆耳继承大汗和皇帝之位。

还有几个人的名字需要提一下：

一个人是郭守敬。郭守敬的父亲郭荣是刘秉忠的挚友，早年刘秉忠与张文谦、张易、王恂等相聚于邢州之西紫金山结伴而学。刘秉忠长于阴、阳诸道，王恂深谙数学，张文谦与张易都是有学有为之士，年幼的郭守敬侧身学于其间，想必受益匪浅。在我即皇帝位的中统元年（1260），张文谦被任命为十道宣抚使之一的大名等路宣抚使，其召郭守敬到身边充当助手。中统三年张文谦回朝任中书省左丞，以"习知水利且巧思绝人"之语向我推荐郭守敬。我在上都便殿亲自召见，其面呈关于兴修水利的六项建议，我大悦允之："当务者，此人真不为素餐矣！"

至元二十八年，郭守敬奏请开凿大都到通州间的运河，以解决南方漕运来的粮食等物资进入大都的问题。我谕旨："当速行之。"特设都水监，以郭守敬领之。运河开工之日，我命令丞相以下官员统统亲操畚箕铁锹参加劳作，以为垂范。此工程历时一年半，完工之时，我亲赐其名为"通惠河"。至元三十年九月初一，七十九岁的我最后一次自上都返回大都，见到积水潭一带舳舻蔽天，樯桅如林。通惠河的开凿解决了从通州到大都城内的转运难题。千年之后，此河仍当在吧。

郭守敬的另一大功在于历法。至元十三年南北归于一统。原用祖冲之所编《大明历》已沿用七百年之久，误差甚大；而南宋末年的《成天历》又不可再用，元帝国君临华夏南北，自然需要制定一部更为精确的朔润历法。于是委派王恂为太史令，郭守敬为同知太史院事，共同负责修历之事。御史中丞张文谦亦改任昭文馆大学士令太史院，与金枢密院事张易一起负责主领，并召许衡赴京参议新历。在此大事中，王恂主推算，许衡主历法之理，而郭守敬重于制造仪器和天象观测。他上奏道：唐玄宗朝僧一行和南宫说实测子午线时，设立测景站十三处。如今我朝的疆域远阔于唐，若不派人运去远方实测，则日月交食分数时刻不同，昼夜长短不同，日月星辰去天高下不同，修新历的数据就未必准确。于是我准其奏，设置十四名监候官，分道而出，东至高丽，西极滇池，南逾琼州，北尽铁勒；还在全国分设二十七个观测点，同时实施天象观测。这是世界天文史上罕见的一次大规模观测，为新历编制备好了基础。然后郭守敬与王恂会同来自南北掌管天文历数的官员，参考历代历法，取得准确数据，于至元十七年冬编成新历。我赐名为《授时历》，意为"敬授民时"，翌年颁行天下。郭守敬的所作所为，使我大元帝国在这一领域的地位领先于世界，当不为虚赞。

第二个人是关汉卿。以他为代表的元杂剧可谓洋洋大观，在真实的世界之外开辟了另一个有声有色令人大悲大喜、大哭大笑的世界。这些戏剧，给上至王公贵族下至平民百姓都带来了娱乐，当然也给我这负担沉重的生活带来了不少轻松愉快的时刻。作为拥有最高世俗权力的皇帝，我从未干涉过这些伶人戏子在舞台上的所作所为，规定他们什么可以演，什么不可以演。虽然他们所写所演也并非都为我喜欢和认可，但我不想做第二个始皇帝，把自己不喜欢的书籍都付之一炬。作为人生之大事的宗教信仰，我都可以允许帝国的臣民们各奉其神，舞台上扮演帝王将相和众生之态的戏说戏话，又有什么不可以呢？

第三个人是赵孟頫。这个身为宋朝皇裔的青年人，以他的才华深得我的欣赏和信任。至元二十三年我痛感于朝中贤儒纷纷故去，授命翰林集贤阁学士程钜夫为御史中丞，派他南下为朝廷选取遗落于民间的杰出士人入朝为官。御史台官员大多反对，言程钜夫是南人，且年少，不宜担此重任。我怒曰："汝未用南人，何知南人不可用！自今省部台院，必参用南人。"

程钜夫不负朕望，为我召纳了南方名士二十多人，首屈一指的就是赵孟頫。这一年冬程钜夫带赵孟頫、叶李等名士英才见驾于大都皇宫披香殿。我见赵孟頫才气英迈当如年轻时之文天祥，而神采焕发如仙中之人，问他道："汝赵太祖孙耶？太宗孙耶？"孟頫答曰："臣太祖十一世孙。"我曰："宋太祖行事，多可取者，朕皆知之。"其时朝中正议论复立尚书省，我命他草诏一份，赵孟頫当场写就，不但文笔清新奇逸，书法更是飘逸出尘，令我赞不绝口："得朕心所欲言矣。"他后来在朝中最高居于枢密院史，这个我曾想交授予文天祥的掌兵之职最后还是交到了这个姓赵的宋室后裔手中。后世的人可能已无从知晓他当官从政时的雍容和干练，能看见的只是他写下的那一手漂亮的书法。要知道这些堪与书仙书圣二王父子和盛唐颜、柳诸贤以及宋代苏、黄、米、蔡四大家比肩的优美汉字，是在我这个蒙古人君临天下的时代写就的。

最后还需要提及的一个人是马可·波罗。后世有些人怀疑这个威尼斯商人的所经所历是否真实，觉得他那本《马可·波罗游记》是杜撰出来的，因为在我朝的正式官文档案中并没有发现他的名字。但是只要对我朝的事有足够的了解，再看看他叙述的那些大事件和小细节，就可知道杜撰之事不可能如此印证真实。我要说，这位西方来的年轻人是我的朋友，是一个我晚年可以与其闲谈以解寂寞的忘年之交。他回乡之后以一本《马可·波罗游记》让更多的西方人了解了东方，了解了中国，了解了中国历史上一个蒙古人和汉人共同造就的伟大时代。受他影响，有一个叫柯勒律治的英国诗人写过一首挺有名的诗，题目就叫《忽必烈汗》。

# 主要参考书

《蒙古秘史》，新华出版社，2006 年 1 月版。

《忽必烈传》，李治安著，人民出版社 2004 年 10 月版。

《元世祖忽必烈传》，朱耀廷、赵连稳著，北京大学出版社 2009 年 3 月版。

《忽必烈和他的世界帝国》，（美）莫里斯·罗沙比著，重庆出版社 2008 年 1 月版。

《忽必烈大帝与察苾皇后》，冯苓植著，上海文艺出版社 2010 年 3 月版。

《成吉思汗与今日世界之形成》，（美）杰克·威泽弗德著，重庆出版社 2009 年 11 月版。

《草原帝国》，（法）勒内·格鲁塞著，商务印书馆 2010 年 7 月版。

《忽必烈的挑战》，（日）杉山正明著，社会科学文献出版社 2013 年 6 月版。

注：为保留一些历史的质感，有些对今人来说不难理解的史料摘录片断，就以其文言文的原貌出现。

**图书在版编目（CIP）数据**

开元·忽必烈说 / 邓海南著. — 北京：中国文史
出版社，2019.3

（中国专业作家小说典藏文库·邓海南卷）

ISBN 978 - 7 - 5205 - 0939 - 8

Ⅰ. ①开… Ⅱ. ①邓… Ⅲ. ①长篇小说 - 中国 - 当代
Ⅳ. ①I247.5

中国版本图书馆 CIP 数据核字（2018）第 276276 号

责任编辑：蔡晓欧　薛未未

出版发行：**中国文史出版社**

社　　址：北京市海淀区西八里庄 69 号院　邮编：100142
电　　话：010 - 81136606　81136602　81136603（发行部）
传　　真：010 - 81136655
印　　装：廊坊市海涛印刷有限公司
经　　销：全国新华书店
开　　本：720×1020　1/16
印　　张：14　　　　字数：151 千字
版　　次：2019 年 3 月第 1 版
印　　次：2019 年 3 月第 1 次印刷
定　　价：52.00 元